Adelaide —— 著

就算時光流逝

我遠遠會
在　　　笑著你

enlighten & fish 亮光文化

自序 I

———

你的感情是真的，
我的愛也是真的……

有讀者問，
究竟我寫的文字，熟真熟假？

我想說，沒有完全真的，否則不能有這麼多的故事；
但也不會全然是假，否則不會寫的這麼動人……

每一篇，我都動了真情去寫，
也用了點力，將情感投放出來……

是的，情感是真實的，情節或許是假的，
還請讓我為自己，有些保留……

其實，真與假，又有甚麼重要呢？
有時，真的，連我自己，也搞不清楚了……

就算時光流　逝　我還是會在
　　　　　　　　　等　著你

請給我留點空間去寫作，請讓我釋放自己的感情；
每一篇，我都付上真情；
每一篇，我也付出眼淚……

有讀者問，為何我的情感這樣深？
我只可以說，每人心深處，都有他們獨特的情緒；
每人心中，也會愛著一個人；
只是許多時，不去表達，情感也不被發掘吧了……

今天，或許，我願意將我心，赤露敞開，彼此分享，
希望您能欣賞，希望您能接納……

就是如此簡單吧了…

自序 II

——

就算時光流　逝　　我還是會在
　　　　　　　　　　　等　著你

在得與失之間，有一種分享與價值交換；
沒有人對愛的詮釋是全然正確，
也沒有一種感受是完全錯誤……

人生中對愛的追尋，
從來是一種最真實、最深切的自我體會，
可以與自己相通，也可以與其他人交集；

其實，不用面向他人，
只要勇敢，尋索自己所愛……

人生總有一份期待，或者總存希望，
因為在遇上與未遇上之間，
我的期盼，實在是最深切；
但正因如此，最後換來那一份失落與悲傷，實在難以言喻……

感謝一直支持我的讀者，您們的欣賞，都成了我走下去的動力：

「你的文字很入我心，
你的文字與我同行，
你寫出我不能表達的心事……」

不少人問，如何寫出好文字？
我想，不刻意造作，直寫自己心中的情懷，就是最好的了……
或者我心裡，實在有太多想表達的情感吧！

自序 III

——

有讀者問，我修讀古典文學及現代文學，
為何去寫流行文學？
我只可以回答，所有曾經的流行文學，
隨著時間的變遷，
就會成為今天的古典文學了。

古代的詩經，採於民間；
唐朝的傳奇，成就今天中國的經典愛情故事；
柳永的詞，完於風月之中……
我只想去寫我想寫的，利用文字去表達我的情感，
就是如此簡單吧了！

不經不覺，時間過得很快，
感恩第三本作品出版了，感謝亮光文化出版社的協助！
感謝一直支持我的每一位讀者，
感謝當中您們的相知同行！

就算時光流　逝　　我還是會在
等　　著你

有讀者說，很喜歡我的文字，
因為可提升情感交流的層次和質素；
有讀者說，我的文字，讓他很有感覺；
這讓我實在也很感動……

我相信，人生在悲傷時被加添的悲傷，讓人更難過；
但是，在需要被安慰時，所得到的支持和鼓勵，卻是一生難忘……

感謝生命中，有著您……

content

|Part 1|　我還是會
　　　　在　等著你

| Part 2 | 迷失

| Part 3 |

那麼愛你為甚麼

| Part 4 |

要相信
自己的 感覺

| Part 1 |

我還是會

在　　寫著你

等著你，值得

許多人說，等著的感覺很痛苦，
但我說，等著，其實有著一份期盼；
等著，其實就是一種痛，
但這種痛，提醒著我，我是如此的深愛著你……

有時，很多人等著，根本就是一份執著；
等著，根本就是一份無奈；
等著，根本就不願去忘記；
或者，等著，根本是一份對生命無底的燃燒，
然後，一直等著，浪費時間，浪費青春，甚至浪費金錢……

其實，值得嗎？
我只可以說，對著我愛的人，
等著，我覺得值得……

或許這是一種習慣，
每到傍晚的時間，我都會特別想你……

你還好嗎？
或許，我永遠都不會知道答案……

我是否很傻？
人與人之間，總有一些距離，
地域上的距離，沒有多遠；
但心的距離，卻可以讓彼此，永遠無法接近……

我不知道，這一晚會怎樣過，下一年，又如何經歷，
我只知道，這一刻，我真的很想你……

我真的愛過你

其實就算你忘記了我，我也不會忘記你；
路是有盡頭的嗎？路從來就是崎嶇的；
有一種愛，是從來都不會讓你知道……

情感的終點站，又在哪裡？
縱使你已離開，我還是會在等著你，
這不是口號，這是我一份，最真實的感覺……

世事總有許多的變遷，時間在變，人在變，甚麼都在變……
但這又有甚麼重要，你還是你嗎？
其實甚麼學歷，甚麼地位，都不再重要，
一切外在條件也不重要；
最重要的，你知道嗎？
就是我喜歡最原來的你，最真實的你……

或者我寧願不曾相見，為何要如此相逢恨晚；
我又如何去隱藏心中的思念？
不是你，是我，愛得不夠勇敢吧！
無論如何，我也愛你……

很害怕有一天，我會因著思念，因著心底的激動，
因著不能自控的情感，
會按捺不住，去呼喚你，去告訴你，我心底的話……
或者，去愛一個人，其實又有甚麼懼怕呢？
我不會打擾你，也不想佔有你，
我只想單單的、靜靜的，去愛著你……

有時總是想起一些事，總是憶起一些人；
應要放下的，總是放不下；
或者，錯誤不應繼續，有些情緒，不應再糾纏；
但是，如果情緒可以讓自己掌握，我想，人就不會流淚，
人也不會心碎；
我不想欺騙自己，我真的很想念著你……

是的，我無言，只有難過，就是心中，捨不得忘記，
因為，我真的愛過你……

等待，應該是等待一個值得的人，而不是等待一個，離我
而去的人吧！
這種等待，實在太苦了……

或者，你無聲的離去，其實一早已告訴我，不必再等下去！
只是，我一直，對你放不下罷了……

或者，當我想去忘記你的時候，我心中會更加難受，
因為，你在我心中，已存留了、銘刻了，一個很重要的位
置……

在得與失之間，我心中，只見到你

我只知道，此刻，我還是只愛著你……

從來沒有真正的笑臉，只有心中真誠的眼淚，
從來都不是慨嘆，只是一份深深的追憶……

一年、兩年、三年了……
為何你仍可以如此的無聲無息？
為何你可以留下我如此一個人的蒼白無力？
如果你真的愛著我，又會這樣的不辭而別，
讓我不斷的等待，不斷的難過嗎？

我知道，一切都可以留至永恆，
因為，我是如此深愛著你……
但我又知道，感情的留白，又可以讓愛隨時失去，
因為，人生的時間，也實在有限……

三年前的十一月，和今天一樣地清冷，
你切斷了我們彼此間的一切聯繫，你沒有留下一句說話，
就離開了……

本來，我們已進入訂婚狀態，旁人一直為我們高興，
想著我們幾時，會真正地走在一起，組織小家庭……

可惜，你卻突然不辭而別……

你是想逃婚嗎？你是逃避我嗎？
你是有第三者嗎？或是你在逃避自己……
可以告訴我原因嗎？

這是一種責任啊！或是你有其他難言之隱？

細雨的晚上，路上就是一份淒迷，
我只有一種感覺，就是走在街中，孤單地迎著雨，
然後，我總會想起你……

我想念著你嗎？是的，我想念著你；
我恨你嗎？是的，我恨你的不辭而別，
讓我不斷地痛苦下去；
我還愛著你嗎？是的，在還沒有答案以前，
我還是選擇愛著你……

微弱的風，在只能讓人回眸的一瞬，
原來，我連一句話，也不能和你說……

為何你要突然刪除，你的所有社交帳戶，
然後離開工作崗位，也離開了香港，更離開了我？
你的親人，也不願與我說上一句……

在每一個日子，我都不能夠明白，
每一份感覺，我都總帶著思念，
而我知道，這份痛的感覺，總有著你……

雨水打過我的臉，不及淚水，湧入我心的痛，
我心是冷，還有著一種不能止息的激動……

風，加重我心中的翻騰，打亂我生命中的調子，
讓我的心，鎖緊許多不能釋懷的情感……

每天早上醒來，我多麼盼望，我的電話，
能再次接收到你的訊息；
每天傍晚，我總帶著淚，看著窗邊的日落，
然後，靜靜地盼望著你會回來……

我總是不能放過自己，我縱有千言萬語，也不知從何說起，
因為，我只知道，此刻，我還是只愛著你……

是的，一年、兩年、三年……
或許年月的流逝已經告訴了我，我已經失去了你，
我或許只是一直在空等著……
但在我心中，你的身影仍在，你曾說過的每句話，
你曾對我許下的種種承諾，
對我，仍是如此的歷歷在目；
對我，仍是每天的甜蜜回憶；
我曾經歷過的幸福，可以就這樣去忘掉嗎？

你知道嗎？在得與失之間，
我心中，只見到你……
我總是在晚上入睡與未入睡之間，流著淚的時候，
幻想著，你就在我身旁……

轉身離去的是你，我還可以說甚麼？

或者有一種分手，叫作淡出，
大家的交流慢慢減少了，接觸慢慢減少了，
一切關係，都在淡出了……

大家都沒有再說甚麼，
因為原來，你已不再愛我了……

從來表面的說話，和內心的答案，都不是一致的，
這才是真正現實的人生吧！

其實，要去封鎖一個人，要用上多大的氣力？
你對我究竟有多恨？你對我究竟有多不滿？
在你心中，你對我存有幾多的埋怨，
以至你要，在記憶中，塗抹了我……

從曾經的最愛，到最徹底的封鎖，
當中，撕裂了多少的情感？
斷裂了彼此內心幾多想彌補的傷痕？
也耗損了我，幾多的眼淚……
為何你要這樣？

**其實，對一個人好，不是必然的，
轉身離去的是你，我還可以說甚麼？**

在這無聲無息的空間中，在沒有光的夜晚，
只有面前電腦靜止的畫面，
我總將信件，一次一次的寄給你，
沒有為了甚麼，只盼望有機會，能再見到你……

生命中的跌宕，不是我們可以任意控制，
總是有些不明，總是有許多不知所以然，
或許，這就是人生⋯⋯

又或是，每一場愛戀的最後，
都不是我們可以判斷，都不是我們可以辨識，
因為，人就是如此的無能為力⋯⋯

在每一個深夜，在每一項表白以前，
在我心中，總愛著你⋯⋯

或許每人內心，除了執著，除了任性，
還有一些不能被刺痛的傷口，不能再被觸動的難過⋯⋯

有時我想，或許我用幾多力氣去愛你，
同樣，我也可以用幾多力氣，去離開你⋯⋯

缺了你，其實一切似乎，再沒甚麼意義了⋯⋯

我錯過了你後，回頭，我可再見到你嗎？
我是否太任性，太放縱自己的情感，
以至讓彼此的關係，變得複雜難明？

或許每個人，總有一些瘋狂的時候，
在這些時候，或許可以更知道，更明白，
究竟自己所愛的，是誰吧⋯⋯

愛，從沒甚麼介意

所以我可以做的，就是將你，成為我一份最深的珍惜……

誰人不想被愛？誰人不想別人，將自己放在首位？
誰人不想在寂寞的時候，有一份深深的慰藉……

深刻的愛，或許只是在每天的相聚中，
我就坐在你對面，不用說甚麼，我只求能望著你，
然後，我們共同體味生命中，每一份的喜悅……

但我知道，這情景，從來只是一種奢侈，從來只是一份渴求，
你，從來亦只是，我一份遙不可及的願望……

是的，你大上我許多，你總是害怕給我壓力，
你知道我也喜歡你，但你總是不夠膽再踏前一步，
你說，你結過婚，也離過婚，現在還帶著一個孩子，
而這女孩子，從來就說著，不要後母……

你就是如此不敢再踏前一步嗎？你就是為了她，
更要疏遠我嗎？
你就是如此，只當我是一位普通朋友嗎？
我們曾建立的感情，你可以當沒有發生過嗎？

是的，我也曾嘗試疏遠你，
因為，你一陣子待我好，一陣子又說我們不適合走在一起，
我已經覺得很厭煩，我已經覺得很無所適從……
我真的曾經想著，離你而去！

但是有一天，當我發現我愛著的你，
身心靈又再次出現問題，我還是再次著緊你，關顧你……

或者，常在你身邊的，你總不懂去珍惜吧！
又或是，你，只是我一個最遙遠的夢……

或許愛就是，在我不經意回望的一刻，
你願意超越一切的艱難，就在那裡等待著我；
又或是，在我還沒有流下眼淚前，你已經明白了我；
又或是，在一個無星的晚上，我想著你的時候，
你也在想著我……

是的，我們實在是惺惺相惜，我們實在是互相欣賞，
我們都彼此明白著，彼此深愛著……

是的，我們真的有許多難關需要克服，

你不想再娶，你不想背著拋妻另娶的惡名……
但我可是在你離婚後，才與你發展關係呢！
但你說，旁人總不是這樣想……

其實，愛，應沒有任何的介意，應沒有甚麼特別的要求，
也不是甚麼等價的交換，只是一種最簡單的情感活動；
我重視你的感受，你的心，也願意愛著我……
就是這樣簡單，其實可以嗎？
旁人的說話，旁人的指指點點，我們又需要理會幾多？

曾經，你對我說著你前妻對你的傷害，我總安慰著你；
曾經，你說著你照顧女兒的種種壓力，我也一一細聽；
我願意與你走上人生的下半場，為的是你，也能夠明白我……

你結過婚，離過婚，對我來說，不足介意，
只要你願意愛我，只要我們彼此願意忍耐，
愛，還是可以讓我們繼續走下去……

為何最後，你仍要選擇離我而去？
為何你要選擇一個人去照顧女兒，
為何你不讓我與你共同承擔責任？
你說你要負起作父親的全責，
因為你說，你也深愛著女兒，不想她受到傷害，
你說，你需要放棄的，是我……

─────── 就算時光流　逝　　我還是會在　　　　　　25
　　　　　　　　　　　　　　等　　著你

你的離去，好像很有原因，但我卻覺得沒有任何理由，
就是如此的，你讓我的心，變為一份無底的空洞……

我只有一份，不能自控的寂寞，
因為，在失去與未失去之間，在消失與未消失之間，
一切都是如此的不真實，一切都是如此的讓人難過……
究竟，你還愛我嗎？

或者生命中，總有一個人，會令我如此的難以忘記；
你總是佔據了我的心神，你總帶給我無限的思憶和追念，
這種愛的感覺，或許在往後，我都不能再遇上……

我可以做的，或許就是將你，成為我一份最深的珍惜，
讓潛藏在我心中對你的愛，好好地被保留，並埋藏在我內
心的最深處……

從來浪漫和現實，都不相符；
浪漫只是一份心願，一種渴望，甚至是一種奢求，
而現實，卻是殘酷，讓人迷惘……

但世事從來沒有完美，愛與現實，總是相違；
世事多變，我只知道當初選著你的時候，
是我的一份甘願……

每人心裏都存留著一個人，一個深愛著的人，
縱使我此刻未能和你走在一起，
但在我心裏，總會將你放在首位……

大家都給彼此一些時間，可以嗎？
或許當你女兒長大一點，我們的難處，就可以解決吧！
或許時間再過一點，你就不再介意別人的說話吧……

生活，其實只是我們兩人，或者只是我們三人，
旁人的說話，真的重要嗎？

我等著你的時候，你願意讓我等待著嗎？

請不要讓我等得太久

每人心中，都會預留一個位置，給所愛的一個人，只有一個……

或者，這世間上，有一種愛，叫等待的愛；
或者，有一種愛，是與親情很近的愛；
又或者有一種，是逝去的愛；
更有一種，是連自己都不能明白的愛……

是甚麼時候開始，我喜歡上你，連我自己都不知道；
我只知道，我可以掌握這一刻，仍然深深地愛著你……

或者這是一種漸，我漸漸的喜歡上你，漸漸的愛上你；
我漸漸的希望能達成你的願望，漸漸的，對你有一份牽掛；
漸漸的，我很欣賞你的才華；漸漸的，我將你在我心中放大；
漸漸的，我希望你活得好；漸漸的，我希望你快樂；
就是如此簡單的吧……

每人心中，都會預留一個位置，給所愛的一個人，只有一個；
這位置，怎樣，也不會被其他人所取代……

縱使我見不到你，聽不到你，位置，還是會為你存留著；
因為，這是一份心影，並非可有可無，而是確實存在，
在思憶中，在心上，都有你……

每逢思念你，總會化為一份濃濃的情感，串串的愛；
只要一息尚存，我對你，從來不會灰心，
因為在回憶和期盼中，我就不會寂寞，
你的感知，你的聰慧，你深邃的眼神，總充滿在我心間……

是我打擾了你的生活？還是你打亂了我的生命？
無論如何，我只希望你快樂！
有時候，愛一個人，也不可斤斤計較，
誰付出多，誰付出少，其實又有甚麼相干呢？
只要你活得幸福，活得快樂，就是我最大的喜樂……

或許有些說話，說得準確，就是最好的心靈治療；
過了，遲了，說甚麼，也沒有用……

為何我喜歡走在燈影下，因為無人得見我的眼淚；
為何我只在黃昏的街上徘徊，因為沒人留意孤單的我，
大家只去追趕夕陽的餘暉……

不要再問我愛不愛你，其實你又有愛過我嗎？
你有顧及我的感受嗎？
不過，人就是軟弱的，我的眼淚，欺騙不了自己，

我心裡，還是很愛你……

你是否愛我如昔？你是否仍對我一樣？
為何，你總是如此冷漠？難道我待你，還不夠好？
我寧願心中沒有愛過，總比愛了，
陷在枷鎖中，痛苦萬分……

沒有你的晚上，我希望，我能過得好，
但是，我就是很掛念你！
人生幸福的日子不多，曾經和你的片段，就是幸福……

請不要傷了我單純愛你的心，請不要讓我等得太久，
因為，沒有休止的等待和失望，在我心裡交織，
然後一次又一次的傷痛，最終，只會帶來，
我對你，最徹底的失望……

誰教我去愛上你

人與人之間，最重要的，不是溝通嗎？
你願意花時間，了解我多一點嗎？
因我們都是人，總帶著豐富的情感；
真的，如果我知道你活得好，我會很快樂……

愛情，很難預期；
就是因為不經意而建立的感情，
在無意中情感交流中建立的愛，都讓人難忘；
我真的不知甚麼時候開始，深深愛上了你……

我真的很累了，我的心，真的等得很累了……
你知道等一個人的痛苦嗎？
你知道我一直都在等你嗎？
請你珍惜我的愛，請你在乎我的感受！
請你體會我心底中的情意，
以及，請明白我一份說不出的難處……

當深深愛著一個人的時候，我真的很害怕失去，
因為我的愛，都已經給了你，
但這又如何呢，你有珍惜嗎？

等待，從來是一門很難學習的功課，
有時最難過和忐忑的是，在清晰與未清晰之間，
在明白與未明白之間……

就算時光流　逝　　我還是會在
　　　　　　　　　等　　著你

不是我沒有理智思考，而是情感的牽動，
真是無法逃避，總令人沉淪下去，
誰教我要愛上你！

在我心中，只有你，只有你一人，你知道嗎？
你可否真實面對自己的情感？
你也會否認真檢視你自己的內心世界？
幾多的錯過，就是大家沒有說清楚，
我一直都在等你啊！

在
靈
與
慾
的
交
戰
中
，
我
還
是
輸
了

我想，這樣可以告訴你，我還會被愛⋯⋯

愛一個人，應該有個原因吧！不只是一些感覺吧！
你曾經對我的好，你曾經對我無條件的關心和付出，我都
一一銘記在心中⋯⋯

縱然今天你已離去，你已不再愛我，但不代表，我就可以
忘記你⋯⋯

曾經，你總是和我相知相遇，彼此深深地交流著，
或者我不用說，你已經明白了我，
或者未等我去愛你，你已深深愛上了我⋯⋯

曾經，這種思維上的交流，情感上的綺麗，令我著迷，
也讓我到今天，也繼續不能自拔，也繼續沉溺下去⋯⋯

生命中的美好，是否從來只有 一瞬？
記憶中的相遇相知，要維繫，是否一點也不容易？

有一天，我見到你更新手機狀態，你有新女友了⋯⋯
我一直以為，我是你的正選，原來，我連後備都不是！
原來，你一直沒有打算選上我！

我崩潰了，我快瘋狂了！

就算時光流　逝　　我還是會在
　　　　　　　　　等　　著你

33

你，是否真的打算徹底忘記了我？
你，是否真的不再給我一個機會？
從來，我以為還有機會，原來，只是我的一廂情願嗎？

有時在生命相逢與交錯中，若大家願意，
可以擦出浪漫的火花，
但世事難料，總在我回望時，一切都消失了……

我只可躲在一個陰暗的角落裡，繼續尋索著你，
繼續想念著你……
當不可而知的音樂響起時，我已經再沒有出場的次序，
因為，你或許已經，徹底地忘記了我……

我對你的深愛，或許要在歌曲旋律停止時，隱藏滅沒了，
因為，舞曲已經停止，我也要停止去愛你，
不過，我要麼就是選擇自己獨自一人，要麼就是選擇，
無悔地愛你下去……

如我是一片浮雲，我會選擇，靜靜的躺在你身旁；
如我是一片浮雲，我會選擇，灑一場細雨，洗淨我的心靈；
如我是一片浮雲，我最終不會離去，總要讓你看見……

每天，我還是幻想著，可以與你再走在一起；
每天，我仍是以淚洗面……

在靈與慾的交戰中，我還是輸了……

我跌得一蹶不振，我連上班的氣力也沒有；
我在網上隨意結識了幾位男生，我和他們日與夜地交往；
你知道嗎？我的人生，從來都不曾這樣……

我想，這樣可以把你忘記，
我想，這樣可以重拾我的自信心，
我想，這樣可以告訴你，我還會被愛……

愛應該就是這樣的嗎？其實我應該放手吧！

你曾經，對我許下很多的承諾，真的到今天，就消失殆盡嗎？
又或是，我對你的承諾，誤解了？
你與我，只是想普通地交往，我只是你其中一位要好的朋友？
可是，我卻視你為我的全部，我以為，我會永遠與你走在一
起……
又或是，你見有更好的女生出現，你就選上了她，捨棄了我？

或許承諾在我心中是無價的，人總有寫出來的承諾，口說出
來的承諾；
而曾經，我相信你對我，有一份堅定的承諾……

到今天，我心裡愛著的，還是你……
會否你有回頭的一天？會否你可以再給我機會？
我還是會在等著你……
我很傻嗎？

是否遙遠的距離，造就了愛？

每次我們分手，你總是回望，再回望，總未能說再見……

有些人口中不斷說愛，
但有些人，一句愛的說話，也沒有說出口……
但其實你會知道，誰才是真正愛你……

說出口的，只是隨意隨心，隨己所欲，
根據外表，根據外型，根據個人喜好，隨意的說。

但是，真心愛我的，總放在心上，不夠膽說出來，
因為害怕說出來後，便甚麼，都再沒有了……

或者我們沒有走在一起，才會有更多的思念，
我看不見你的弱點，你也發現不了我的脾氣，
因為在朝夕相對中，在生活細節中，
彼此的弱點，最會傷害雙方的感情。

大家距離遠了，還會心生思念，
或許，更讓愛去滋長吧……

是否遙遠的距離，造就了愛？
是否沒有說出來的愛，更讓人陶醉？

有時，連我自己，也迷茫了……

我對你想念的心，連我自己，也估計不到

我等待著有一天，與你重逢⋯⋯

我們中間，就是很多猜度；
我們中間，就是不能見面；
我們彼此，總隔著一段距離；
我，究竟是不是你心中的唯一⋯⋯

我深信，今天雖不能和你聯繫，但我，仍然不會放棄⋯⋯

記得大四畢業那年，我們在車站分手，
然後，彼此就沒有再見；
我從來沒有想過，那次以後，是永遠的不能相見⋯⋯

本來，彼此打算繼續交往；本來，彼此承諾繼續聯繫；
本來，我打算畢業後，會好好陪伴你；
但原來那次以後，你要飛往外國進修，
就沒有再回頭了⋯⋯

我相信，從來通訊都不困難，困難的，是人的心⋯⋯

你往外國後，最初還會聯繫我，
但日子慢慢地溜過，聯繫，慢慢變淡，慢慢變疏，
我深知，你改變了⋯⋯

你更改了電話號碼，你沒有通知我；

我用了很多方法尋找你，
我給你寄電郵，我聯繫你的臉書，你都不再回覆我……

我用盡一切方法，但你都沒有反應，
我想，我們真是失去聯絡了……

失聯的感覺，讓我很難受，讓我流了很多的眼淚，
因為，在我毫無準備下，我失去了你……
我不知道，這是一份暫別，還是一份永遠的失去？

我不知道，你現今的景況如何？
你是愛上了別人，還是仍然單身一個？

我不能向你表達我任何的愛意，而我，也不知你在遠方，
是逃避我？
還是你心裡，也在想念著我？
只是某些原因，暫時不和我聯絡……

其實，你是在逃避我嗎？你不想我去愛你嗎？
究竟是甚麼原因，你可以告訴我嗎？
請你不要這樣令我難過……

為何我們從前大學四年，相處這麼愉快，
現在，連朋友都做不了？

為何，你不告訴我一個原因，讓我好好了結心底裡的心事？

是不是我做錯了甚麼，讓你對我不耐煩了？
是不是我有甚麼不好，令你不再喜歡我了？
如果是的話，請你坦白告訴我！

三年時間，就這樣過去了；
一天、一月、一年的過去，
我的思念，就這樣，卻是一天、一月、一年的累積；
我對你的愛，我以為會慢慢褪色和退減，但原來，
一點也沒有⋯⋯

時間越長，我對你想念的心，卻越發增加，連我自己，
也估計不到⋯⋯

我想，曾經我們的經歷，是多麼的深刻；
大家在大學四年，互相扶持，彼此承諾，畢業以後，
你會和我一起奮鬥；
我也說過，大學以後，我會努力儲錢，建立我們的家庭。
但原來，那一刻大家所說的一切，今天，完全沒有兌現⋯⋯

就這樣，你漸漸的離我而去。
這幾年，我沒有愛上任何一位異性，
因為，我心底裡，只有一個你⋯⋯

我不能忘記你，我心中，總是想起你⋯⋯

就算時光流　逝　我還是會在
　　　　　　　等　著你

或者，你能夠對我說一聲：「我不會再愛你……」
或許這樣，我就會離去，
我就會放手，我心中不會再糾纏不清……

但是，你甚麼也不說，只在我聯繫中消失，
這樣，令我心中，永遠對你的情感，都不能放下……

你知道嗎？我對你，總是有一份渴望和期盼，
我就這樣，等待了三年……

這三年中，你知道嗎？
我流了許多的眼淚，但我一點也沒有後悔，
因為，在每次思念中，我都等待著，
我等待著有一天，你的回應，
我等待著有一天，與你重逢，
我等待著有一天，見到心底渴望已久，你的身影……

每次在期盼的眼淚中，我都帶著哀傷的喜樂，
因為我知道，我仍然是如此深愛著你……

其實許多事，我比誰都清楚

縱使我視你為我的唯一，
縱使我全然將愛給你，
縱使我只想念著你，
但一切，總是徒然，
只留下了，一丁點的安息和未知的慨嘆……

一切似乎都沒有安全感，一切似乎只是一份曾經有的幻象……
我沒有甚麼心願，我只願能，永遠地去愛著你……

有時許多事不說出來，不是我不知道，
而是我想，維護彼此的關係；我也想保護，深愛的你……
我寧願讓步，我寧願深深的傷害自己，一切，
讓我承受就夠了……

其實許多事，我埋藏在心底；
其實許多事，我比誰都清楚，
我比誰，都更知道真相……

能和你一起走下去，就是一份幸福，可以讓我，
繼續和你走下去嗎？
我偷偷望著你的側面，我不夠膽告訴你，我心中的感受，
因為，我實在很珍惜，和你一起走的每秒，
著實是如此的難得……

請告訴我，我除了可以依靠你，還可倚靠誰呢？
誰可以擦去我的眼淚？誰可以帶走我的寂寞，
還我人生的尊嚴？

漸從來是一種價值，也是一種行動，
漸漸去愛，人會發現愛的威力；
漸漸不愛，也還是一種悲傷退隱的哲學……

當愛不足時，愛的退去，這份漸，會是急速發生，
以至最後，愛，更會消失得無影無蹤，
但我深信，如我對愛堅忍、堅持，
讓一切的快樂延後，或者，總有出路……

就算我是執著，就算我是不能自拔，
但似乎我還是在眷戀著，一份等著你的感覺……

我還餘下了甚麼

或許我想說，我常常都只是孤單地一個人……

或者沒有一種痛，會比被人決絕地拒絕，更痛……
從來無盡的忍耐，無盡的等待，無盡痛的經歷，
都叫人身心疲累；
以為心中相愛，其實到頭來，還是原地踏步，
甚至離自己而去；
心中的想念，眼中的熱淚，只有自己明白，
只有自己知道……

或許我心裡最難受的，就是我對你的愛，
從來都不能宣之於口；
太多的原因，種種的掛慮，重重的壓在我心頭；
每一種壓力，都不能讓我去表達；
其實，我還餘下甚麼呢？

或者可以餘下的，就是在我心中，深深對你的愛……

**有時候，真相不被揭穿，這就是最好的相處吧！
你會以為我愛著你，我也以為，你也在用心地愛著我……**

人與人之間相處的最恰當，或許就是保留自己部分的秘密；
有時假裝的笑容，有時假裝的言語，有時假裝的關懷，
都不是一件壞事吧？是這樣嗎？

原來在熟悉的環境中，卻從來遇不見熟悉的人；
原來在最熟悉的舞台中，總不能見到熟悉的你；
這只是一種單薄，一種虛浮，一種無力的寂寞；
或許我想說，我常常都只是孤單地一個人……

你的身影，你的微笑，你沉鬱的眼神，也沒有任何可媲美的，
因為凡事，或許只有一次……

這份獨特的記憶，必定常存我心，
無限回味，成為一份，永遠的牽掛……

或者我心裡面最害怕的，就是有一天，你已經冷落了我，
忘記了我，
然後，你在愛著別人的時候，我仍然還是愛著你……

步入深秋，天氣開始轉涼了，你還好嗎？

我常常想著，如果我們能再見面的話，
我第一句想和你說的是甚麼？
或者，我已經忍不住淚流滿面；
或許，我對著你，根本說不上一句話；
又或是，我根本不夠膽量，對你說出一句真話……

但如果，我能再次遇上你，我只希望有勇氣對你說：
我真的很掛念你！

請不要對我口蜜腹劍，這邊是甜言，
但原來你心裡，根本沒有愛著我……
如果你不愛我的話，請你的嘴，對我更差，
讓我對你，死心了吧！

究竟在我生命中，可以遇上幾多，我願意用心去愛的人？
又有多少人能夠，可以在我心底裡，縈繞不斷？

我錯過你以後，或許，我再沒有機會，重遇這種愛的感動了……

我
還
是
會
在
等
著
你
……

我對你，就是一種感恩，就是一種不能失去的感覺……

沒有經過反省的愛，不是真愛；
沒有經歷磨蝕的相處，終究不知道自己最愛的是誰；
沒有經歷流淚之痛，就不知道自己心底，最著緊是誰……
對不起，我真的愛你……

我們合了再分，分了再合，已經數次了……
最終，我仍是選擇愛你……

是的，一起分享快樂，是容易的；但一起經歷患難，卻有
點困難……

你成績一直都追不上我，我上了名牌大學，你卻只讀工專；
出來工作以後，我成了專業人士，你卻天天在付出勞力工
作；
是的，我曾經是有點輕看你，而你的自卑感，
也不斷在作祟……
我們總有大大小小的爭吵，你說：我已經不再愛你……

但是，你知道嗎？你是我生命中的陽光，
不是你的安慰與同行，我中學時情緒總會低落，
不會考上大學；
不是你的支持和陪伴，我也未必成功考取專業試……

我知道，人生中，沒有人有義務陪我去經歷苦難，
人生中，沒有人有義務要聆聽我的分享，
人生中，也沒有人有義務去抹掉我的眼淚，
我知道，每次經歷痛楚，每次我人生有重大難處，
你都守在我身旁⋯⋯

上次我遇上交通意外，昏迷不醒，我知道，
你是第一個來醫院看我；
醫護人員更告訴我，你每天都來；
有時留下陪我數小時，有時來得很晚，
是匆匆的趕來，總要望上我一眼⋯⋯

在禍患中，所有的經歷，你都願意默默地陪伴著我，
但我對你，曾經是冷冷漠漠的，
特別是我考取專業試之後⋯⋯
我總沒有顧及你的感受，是的，對不起！

我知道，不是所有的話，我都可以用言語來表達，
我知道，我心裡面的感受，需要透過表情、眼淚、
眼眸中的深情，才能讓你發現；
對不起，有些事，特別是我愛你的心，
可能我表達得太遲了⋯⋯

一個人對另一個人好，從來都不是必然，只有在禍患中，
才能體會對方的愛⋯⋯

———————— 就算時光流　逝　　我還是會在
　　　　　　　　　　　　　　　等　　著你

或許，不是所有的事，我都可以解釋清楚，
或許，不是所有我對你的情感，你都能夠明白……

有時，我對你，就是一種感恩，就是一種不能失去的感覺；
我也知道，你是深愛著我……

對不起，我曾深深傷害了你……

沒有期待的等待，是死的；沒有真心的關愛，
也只是一份虛浮；
你對我的愛，就是如此真實和寶貴……

我不敢再奢望有甚麼回報，
因為從來，對情感所期望的落差，總會很大……

我只想說，生命中總沒有必然的事，
只有人願意，付出幾多的努力；
只有人願意，付上幾多的牽掛；
只有人願意，付出幾多的忍耐……

無論在何事上，無論在何情感上，一切，
都感謝你對我無限的付出，
因為，你總是默默的對我付出愛與關心，給我永久的承諾，
你總給我一份最暖心的安慰，最後，總會感動著我……

是我，是我不懂得珍惜，是我，是我錯過了你的深愛……

我知道，今天你離我而去，是因著我深深傷害了你的自尊，
是我讓你痛心難過……

傷害一個深愛自己的人，真是世上最愚昧的事，
我曾經讓你有難過的時刻，縱使一切，都發生了，
但還請你回頭，還請你能原諒我！

可以嗎？可以讓我再次等著你嗎……

我總是，無怨無悔

或者我檢視自己內心的時候，我的心，總是在牽掛著你……

其實誰人待我好，誰人對我差，我會不知道嗎？
或者，是我假裝不知道罷了！
如果你不愛我的話，就不要再給我希望了……

失去並不可怕，我最懼怕的，是一種無盡的等待，
而又不知道答案的景況……

你其實是愛我，還是不愛我？
你這邊說愛我，那邊又不知所蹤……

其實，你會知道我心中的難過嗎？
其實，你會明白我心中對你的掛念嗎？

或者，我已經習慣你對我的忽冷忽熱，
我已經習慣了這份不對等的愛……

**其實你珍惜與不珍惜我，在乎或不在乎我，我都不再介意，
因為，這是屬於我一個人的感覺，也是屬於我一個人的選擇……
我對你，無怨，亦無悔……**

是的，我很傻嗎？
我自己也知道自己很傻，但我還是選擇愛下去……

有時我想，其實我是真的愛你，還是我只想得到你的愛？
或者我再檢視自己內心的時候，我的心，總是在牽掛著你……

我知道，如果我只想你愛我的話，
如果這只是一種逢場作戲的話，
這火花，是很容易熄滅的……
或許火光能燃點到今天，就是因為，我真的很愛你……

其實，有許多的理智，有許多的計算，有許多的現實考量，
這，就根本就不是愛，
最多，這只是一份等價交換，這也只是一種慣性，
也只是一種，沒有選擇的遺憾……

是我太離地了嗎？是我太反現實了嗎？
是的，我是叛逆的，我是離地的，我是很傻的，
我只是想，誠實地去面對自己罷了……

大家沒有聯絡這麼久，或者我在你心中，已經一文不值吧！
為何會是這樣的結局呢？
你太忙了？你不再喜歡我了？你已有新戀人了？
還是，你根本從來沒有愛過我……

如果是最後一項答案，請你永遠不要告訴我，
因為，我還想保留少許自尊，
以及還想幻想著，你也曾經愛過我……

我盼望著將來，你還是會在愛著我……

我也叫，曾經戀愛過

曾經，我也有愛過別人的秘密……

你們知道嗎？你們常常一雙一對，而我，卻只有隻影形單……
你們知道嗎？我心裡其實很落寞，我心裡的孤寂，
從來無人能夠明白……

我今年 29 歲了，但是，我從來沒有認真地談過戀愛，
從來，就沒有一位男生，願意認真地對我說一句：我愛你。

其實，連所謂的曖昧，我也沒有深刻經歷和嘗試過；
戀人未滿，友達以上的關係，我更是從來都沒有……
每每讓我心動的男生，從來我總發現，他們都是有女朋友的。

我究竟出了甚麼問題？
我生活積極，更算進取；我樣子雖然平凡，但也不太差；
我身型雖然不算豐滿，但也適中。
我雖不愛笑，但卻平易近人；我雖不愛打扮，但卻心地善良；
難道真的沒有人，可以看見我的優點？

其實，我是多麼渴望，有男生來愛我，
我多麼希望，能夠熱熱烈烈地戀愛一場。

或者，我的生活圈子太狹小，
在小小的工作間，大部分文職人員，都是女生，

我能接觸男生的機會，實在少之又少……

我知道，沒有人能夠明白我此刻的感受，
當人人都在談戀愛的時候，我卻只孤單一人；
我有嘗試改變自己的生活圈子，參加不同的群體活動，
但最終，甚麼人都遇不上。

我不敢奢求別人來愛我，我暗戀的對象，我明示暗示後，
總沒有回應；
有人與我偶爾曖昧，但很快，就再沒有下文。

開始有些晚上，我有種難過……
我聽著幽幽的情歌，有時，眼淚會不期然地流下來。
別人有男朋友，談婚論嫁，談論生兒育女，
談論未來的時候，
我還可以做甚麼？

其實，有時，我真的不知道，如何向你們表達，我的感受？

在一個熟悉的圈子裡，大部分人都在談戀愛的時候，
只剩下了我，
其實我心底裡，真的很不是味兒；
我心底裡，真的越來越難受……

我很擔心，最終，我會不會孤獨終老？
我每天工作，回家，與家人共處，
被家人催促結交異性的感覺，其實真是很辛苦；
難道沒有男朋友，是我想的嗎？

就算單身的女生，一起可以傾談的友人，也越來越少，
因為，她們都一一被男生戀上了。

假日，節日，我開始把自己關在室內，
我不想再做甚麼，我不知可以再約甚麼人；
我不想再看著別人一雙一對，因為自己，會倍感落寞……

我開始，在許多個孤單的晚上，
懷緬每一個，曾經我想著去愛的身影，
努力回望一些，在我腦海中殘留的影像和片段，
希望能守在心中，原來，曾經，我也有愛過別人的秘密，
不過，只讓自己知道；
讓自己以為，我也叫，曾經戀愛過……

我盼望有一天，愛我的人，最終都會出現，
在年復年的淚光中，我還是會在等著你的出現……

走在情人節的街上

走在大街上，我實在很高興，
今天是情人節，你沒有打算邀約我晚飯嗎？
因為大家還未清楚彼此的關係嗎？

但這一天，我能夠和你走在一起，我實在太高興了……

在這特別的日子，我能夠在街上與你一邊走，一邊談天，
我實在很雀躍，很感動……

我希望這條路，永遠也走不完，我實在捨不得你……

**情感有時最難過和最忐忑的，
就是在得到與未得到之間，在清晰與未清晰之間，
我們總是，不能相愛……**

你知道嗎？我和你走著的時候，我心中就是充滿激動，
我多麼希望，你能拖著我的手，
與我一起走過一段，又一段的路……

人生總充滿著盼望和希冀，
或者，這可能是我一個最卑微的願望，
但生命中的道路上，總是放滿可能性吧……

**我期盼這一天的來臨，你能聆聽我心中對你的呼喚，
你會牽著我的手，一直地走下去……**

就算時光流　逝　　我還是會在
　　　　　　　　　　等　著你

我對你深深的呼喚，你聽到嗎？

請你珍視，我的讓步，以及，我對你的愛……

我不漂亮，但我很溫柔；
我不聰明，但我很細心；
我不懂討好別人，但我總是關心著你的需要……

我不知道如何去處理彼此的關係，
但我總知道，在每一個深夜，我總想念著你……

我們大學四年，一起走過的日子，你都忘記了？
畢業後，你在一間貿易公司工作，當中有很多女生，
你說她們都比我成熟……

你想儲錢買樓，但你常說我揮霍金錢，與你的理財概念毫
不相同……
其實，我每天上班也帶飯，沒有特別購買名牌，
只是偶爾在特別日子，吃吃自助餐，
在長假期，去一個短旅行放鬆，
這真的是揮霍金錢嗎？

你開始慢慢地疏遠我，我很害怕……
你告訴我，我們彼此總有隔膜，
我說我願意去改，但你還是選擇，離我而去……

相知相待，愛惜真心，說著容易，做時卻難……

人生總有很多的不知足，
我待你的好，你卻不去察覺，
我對你深深的呼喚：我愛你，可惜，你都不想再聽到了……

兩星期後，我知道你與公司的一位女生，來往甚密……
其實，你指出我的缺點時，只是分手的藉口吧！
你想移情別戀，才是真正的目的？

其實只要我願意去改，根本就可以維繫彼此的關係，
而你，卻將我的缺點放大，不容我有改正的機會……

為何我們相戀這麼多年，你可以讓我如此的難過？
為何情感的承諾，可以一下子化為烏有？
我說我願意改變，難道你不可以給我機會？

或者請你明白，我今天願意退一步，就是因為，我愛你；
也請你珍惜，請你珍視，我的讓步，以及，我對你的愛；
我多麼希望，我還能再次得到你的愛……

是我太在乎你了

是否一些卑微的願望，都這麼難達成？
是否人與人之間的交往，可以突然了無痕跡？
是否假裝得一切滿不在乎，就真的毫不在乎？

以為沒有痕跡，卻流下很多眼淚，
以為毫不在乎，卻思念連連……

其實所有悲傷，都是因為，我太過在意，我太在乎你了……

忘記一個人，何其容易，
因為，要記著一個人，要用情，要用力，要用心，要用愛……
在忙亂的世代，誰還有力去記掛誰？
誰還有力不去忘記誰？

但原來我發現，去忘掉一個人，比記著一個人，
用的力更多，更大，
因為，我就是如此深深地愛著你……

在悲傷中的快樂，你明白嗎？

我是在無病呻吟嗎？我是在自尋煩惱嗎？
我是在自虐嗎？我是任性嗎？
我是執著，偏執地愛著你嗎？
通通都不是……

只是，在我心底，就是愛你，
在我心底，就是單純地愛著你，
縱然，你已不再愛我……
愛也讓我快樂，縱然，我不再被愛……

或者因為，愛是一種情感活動，
在我心動中，愛著你，想念著你，就是一種快樂……

是這樣嗎？

請不要讓我等至對你失望

請終究，不要糟蹋我對你真摯的愛……

戀愛，從來是一場最狠心的博弈，
又可以說，是最窩心的關係，
又是一場，最暖心的心理活動……

未到最後，其實不知誰輸誰贏，
縱使你輸了一個人，但可能贏了一份心影，
贏了一份無限的價值，贏了一場美好的回憶……

其實，你為甚麼要害怕呢？你知道我一直都在等你嗎？

你為甚麼不再有多一點行動呢？
你知道嗎？我一直都在等著你……
等著你的回應，
等著你的回覆，
等著你去聯絡我……

你按兵不動，是因為，你未有信心？
你按兵不動，是因為，你不喜歡我？
你按兵不動，還是因為，你太喜歡我，害怕表白後的失敗？

或者，你想我有更多明示和暗示嗎？
其實，只要你願意，大家就可以多走一步了。

你害怕受傷害嗎？你為何不走出這一步呢？
你是否害怕，跨出這一步後，大家維持不了現在的情況，
以後，連朋友都不是？

**我想告訴你，縱使你說甚麼，我也會尊重，何況你是愛我的⋯⋯
對嗎？**

難道我會不尊重一個愛我的人？
難道我會惡待他嗎？
難道我會小看他嗎？
難道我不會好好保護他的感受嗎？

或者我不能即時給你甚麼承諾，但是，
我一定會好好保護你的感受，
我一定會好好愛護我們的感情，
我一定願意去回報你的愛……

你知道嗎？我真的等你很久了……
究竟我還可以再做甚麼？
我的感覺，真的很難受，因為，這份等待，我不知道，
還要等到幾時？

等待，是一個無底的深潭，
特別在晚上，寂靜無人的時候，
那種痛苦，只有自己明白，只有自己知道……

我一直都在等著你，
實在，我不知道，還可以等到甚麼時候……
請不要讓我等至對你失望，
請不要蔑視我的輕狂，
請珍惜我的眼淚，
請終究，不要糟蹋我對你真摯的愛……

因為，我不是對每人都這樣好；
因為，我不能再這樣無底地去愛下去；
只因為，你是我的唯一，你是我的深愛，
我心裡，總是在想著你……

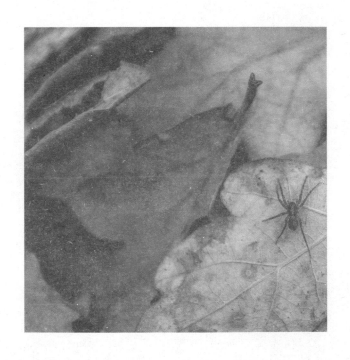

就算時光流　逝　我還是會在
　　　　　等　　著你

| Part 2 |

迷失

有一種不能磨滅的情感，將我們聯繫起來

世界上，有一種深切的安慰，叫患難與共……

今天，居然有這機會，能再見到你……

沒有想過，會在這種場合，
是的，我至親離世的喪禮，你居然來了……

你安安靜靜的坐在一旁，沒有對我說上一句話，
彷彿擔心，會更打擾正在傷心的我。

最後，你望了我一眼；
在我們眼神互相交流的一刻後，你就默默地，輕輕地，走
了……

大家已經十多年沒有相見，
我不知道，究竟我們是何時開始，完結了彼此的關係……

那年冬天，很黑，很冷……
我們不知所以地，吵架起來，然後，慢慢地，大家冷靜下
來；
但接著的，是慢慢情感的流逝；
彼此漸漸的疏遠，以至，大家都失去了聯絡……

最後，我們再沒有交往，再沒有約會，大家各走各路；
我們沒有說過分手，但大家心裡卻明白，
我們很難再發展下去……

你有你的工作，我也有我的發展；
就如此地，大家對心中的所愛，慢慢地從雙方的心中淡出⋯⋯

我們其實沒有正式分手，大家只是在逃避內心的折磨，
大家以為，在對方生命中逐漸退去，會讓感覺，退得無影無蹤⋯⋯

其實，可以這樣的嗎？我都不知道⋯⋯
深愛一個人後，可以慢慢的忘記嗎？

是大家太忙碌了？是大家在逃避甚麼嗎？
是大家都不能面對彼此的問題？
或者，是大家都想暫時放下對方？
但原來最終，換來永久的放不下了⋯⋯

或者大家都明白，甚麼叫適合；不適合的時候，大家都痛；
大家不如各自慢慢退去，讓彼此都沒有陣痛⋯⋯

但是，原來，這份深藏於心中的隱痛，
一直都存留在我心底裡，
只是，我從來不讓自己發現，更沒有說出來吧了⋯⋯
你一直沒有再找我，慢慢地，我也沒有再聯絡你⋯⋯

就是如此，大家斷絕了所有的關係；
直至今天晚上，我告別親人的時刻，我再見到了你⋯⋯

原來，這不止是一份淡淡的哀愁，
因為在這深深落寞的時刻，沒有人可以追回生命的任何價值，
連一分鐘的氣息也不能追回的時候，我卻見到了你，
真是百感交集⋯⋯

就算時光流　逝　　我還是會在
　　　　　　　　　　　等　著你

原來我和你，以為沒有再聯繫，
但卻有一種不能磨滅的情感，將我們聯繫起來……

我想起曾經大家的片段，
我想起大家在一起的歡笑，
我明白到，世界上，有一種了解，叫相知；
世界上，有一份明白，叫談得來；
世界上，有一種深切的安慰，叫患難與共……

曾經，大家在對方心中，有著一個最重要的位置；
突然有一天，大家卻可以各走各路……

你的離開，或者說清楚一點，
是我與你分開後，我害怕了戀愛，
因為，我害怕再被人放棄，
我害怕再被人狠狠地對待自己的真心……

今天，我還是孑然一生，我不知道，你今天的狀況，
我相信，你對我也不是了解很多；
或者，你是從朋友口中，知道我這一刻的需要和近況……

今晚，我沒有甚麼可對你說，
我只有對你一刻的凝望，是的，同樣換來你安慰的眼神。

你又再次退去了……

其實，你不出現還好，你就一直在我生命中退去，
再也不能被我記起⋯⋯

你捨不得我嗎？
你還掛念我嗎？
你還愛我嗎？

你在我生命中最難受，最痛苦的一刻出現，
帶給我最寶貴和最實質的安慰；
你願意出現在我最需要別人安慰的時候，
出現在我最難過的一瞬，
這份突然，我知道，你也來得不容易⋯⋯

但是，我的感受，實在太深太深了；
我的感覺，也實在太苦太苦了；
在同一空間中，我不但失去至愛的親人，
我也深深再記起，還失落了曾經深愛的你⋯⋯

時空交錯當中，我好像見到我的親人，仍然存在；
同時，我也感受到，曾經我們相處的無盡溫暖；
我不知道這種感覺，還會存留多久，
但是這份感受，卻在我心中，不期然地放大，再放大⋯⋯

我望著外面，很冷，很暗，
彷彿也是那年的冬天⋯⋯

或者今晚過後，我應該去找你，然後說一聲道謝，
但是，我卻鼓不起勇氣，
因為，我的心，實在，還很難過……
因為曾經，我們是真心相愛……

當眼淚慢慢滴下的時候，我望著你的背影，
我知道，我已經沒有可以等待的人；
但你，卻是如此的不能讓我忘記……

我能夠被需要，就是因為你愛我

或者，我渴望一種感覺，就是被需要……

被需要，是一種感覺，
是一種最窩心的活動，
是一份最令人雀躍的情感……

或者今天，我的存在價值，就是因為，我被你需要著……

我原本，只是一件沒有價值的垃圾，
但今天，我能夠被需要，就是因為你愛我……

被需要，是一種感覺，讓愛流過全身，
我知道我在你心中，比任何人都重要……

但或者有一天，我會離開你，
因為我知道，你不再需要我，
而他，卻更需要我……

又或者，如果有一天，我不能再和你一起，
請你不要難過……

你知道嗎？
因為，你已經不再愛我……
而我，真的需要一種，被需要的感覺……

在錯綜複雜的關係中，我跌進陷阱裡

現在，我卻只有沉淪，只有享受著罪中之樂……

愛情不似親情，
愛情充滿著不能被辯解，充滿著被探索，
令人總是心神恍惚，令人心裡總是不安，因害怕失去；
愛情總是令人心裡欠缺安全感，因世上太多誘惑……

但是，愛卻充滿著挑戰，充滿了激情，充滿著盼望，
充滿了不斷的安慰與眼淚……

我很想視你為我的一位親人， 因為我知道，
我們是沒有可能的，
客觀上，我不能夠再和你發展任何情感上的關係。

我已經有我的所愛，對你，我希望你能是我的一位親人；
我希望你能過得好，過得快樂。

但是原來，這想法是錯誤的……
我越與你相處，我越是想念著你，

我越加深地愛著你，我就越迷失；
我覺得自己在沉淪，我覺得對不起自己的所愛……

我以為我可以將愛和關心劃分清楚，
一為愛情，一為關愛，去畫一條界線，
但是，原來異性間，是很難有甚麼關愛或親情的……

每一天，我只要見到你的背影，我就有一陣陣的遐想，
我渴望更多的見到你。
每天我見到你，拿著咖啡經過，我總情不自禁地問：下了糖嗎？

最初我對你，總帶著一份憐愛，帶著一份好奇，也擺上了一顆真心；
慢慢地，大家溝通多了，我發覺，我逐漸的愛上了你……

你比我年少了許多年，我希望視你為我的親弟弟，
我可以好好地去照顧你，
我多麼希望，你能成為我的一位親人；
我能以大姐姐的身份，去幫助你，去愛著你。

但是每當我見到，你與其他同齡女孩在曖昧時，我就會有妒忌，
我很害怕，因為我知道，這份嫉妒，是出於我對你獨特的愛……

我很害怕，我越來越害怕失去你；
我很害怕，因為我越來越惦記著你；
我總留意著，你放工後，會到哪裡去……

我想擁有你，我想獨佔你，我想繼續去更愛你……

我知道，我需要清醒，我需要逃避；
在不經不覺之間，原來，我已經深深地喜歡上你……

有人問：愛上一位小十多歲的弟弟，是可以嗎？
我說：為何不可？
年齡不會構成甚麼問題，因為成熟度，才是一個指標……

有些人四十歲，還很幼稚；
有些人二十歲，已很成熟。

我從來很欣賞你的一份堅持，我知道你家境不太好，很早就要出來工作，
所以，你比同期的人，更顯成熟；

你更努力工作，你比其他人更踏實，臉上總帶著許多的滄桑。

或許也因為這緣故，你特別喜歡找我這位大姐姐去傾訴，
你喜歡去聽我的意見。
而就是你這份滄桑感，深深地吸引了我；
不知不覺間，我也走近了你。

我知道，你對我是難以忘記的，
因為每天，我對你的憐愛，慢慢地，變成了欣賞；
從欣賞，慢慢地，變成了一份，連我自己也弄不清楚的愛……

然後我發覺，我開始不能自拔……
我需要逃避嗎？我應該辭職嗎？
又或是，我坦誠地告訴我的伴侶？
但是，這是一個很大的冒險，我知道，我的伴侶，
不會原諒我……

我的心，在糾結著，在發抖著……
這個時候，你走過來，又邀約我午飯，
想向我訴說你的故事……
因為你覺得，我這一個大姐姐，
讓你感到很安穩，很踏實，很容易和舒服地相處；
但是，你知道嗎？我的心越來越不安，
我的心，跳動得越來越激烈……

我開始完全地迷失……
當我聽著你的故事，當我的眼睛望著你的時候，
我的心，其實開始慢慢地融化，
因為，我發覺，我已逐漸地，更深地，愛上了你……

這天午餐，你突然捉著我的手，
這一刻，我很冷靜地躲開了。
你知道嗎？其實我有千百個願意，讓我的手被你捉緊著，
但是，我逃避不了自己內心的罪疚感……

有時候，情感的關卡，就是這樣不小心的開始，
在錯綜複雜的關係中，自己就踏進了陷阱裡……

這個時候，我需要冷靜，我需要更多面向我的伴侶，
我需要減少和你見面，
但是，我每次見到你，我的眼神就出賣了我，
我心裡，真的不能再沒有你。
你也成為我每天的依靠，我不單聽見你的心事，
我也向你訴說著我的故事，因為，你也是如此的明白
我……

我慢慢地步向了你，問道：我們到哪裡午飯呢？
我真的不知如何自處，我繼續沉淪著……
最後，我會輸掉自己，也會輸掉我的伴侶，
更會輸掉了你……

因為，你只是在未有正式戀愛對象前，當我是一個傾訴對象罷了，
當你找到真愛的時候，我相信，你會離棄我……
理性告訴我，如果我繼續沉淪的話，到時候，我會變得一無所有……

但現在這時候，我卻只有沉淪，只有享受著罪中之樂；
最終，我究竟是快樂，還是不快樂？

今天下著細雨，你撐著傘，把我緊緊擁抱著……
今次，我沒有逃避，
我倚在你的胸膛上，靜靜地聽著你的心跳聲，
我滴下了眼淚……

我不知道，前面的路，應該如何走下去……

情感的出路

情感的幻滅，從來是一種漸，在通往出口之處，
我，迷路了⋯⋯

究竟，努力假裝去愛困難？
還是，努力假裝不愛一個人困難？

說謊言是很困難的，因為要記著自己所說⋯⋯
人生最大的謊言，或者，就是嘗試去欺騙自己，
最後，連自己想要甚麼，究竟愛著誰，都不知道了⋯⋯

每年總有一次的記掛，人生總有一系列的循環，
記憶，總在生命中不斷迴盪，教我如何忘記你⋯⋯

究竟這種愛和思念，是一種幸福？還是一片茫然？
在日復日，年復年的日子中，我沒有甚麼可依靠的，
我唯一可依靠的人，就是你⋯⋯

我是否很自私？我是否只顧自己的感受？
還是，我作了一份情感上的妥協⋯⋯

我對愛情的追求，已慢慢失卻熱情了，
對不起，愛是自私的，愛是不能容納第三者的⋯⋯

握在手上的，人總不懂去珍惜，這是人性吧！
從來相愛容易，相處難；一生廝守，更難⋯⋯

或者人生中的最痛，
就是從來，彼此不能在同一時間，以同一的步伐，
對等地愛⋯⋯

可以給我一個喘息的空間嗎？
我不是不愛你，而是，我不知道自己，是否還在愛著你……
我喜歡駕駛，因為，可以在快速的景物流逝下，
讓我暫時，忘記我們之間的難過……

是的，請讓我珍惜你的愛，也請你，珍惜我的眼淚，
因為，情感的幻滅，從來是一種漸，
在通往出口之處，我，迷路了……

是否我太看重感受，忘卻了現實的框架，
以致自己不斷沉淪，不能自拔……
是這樣嗎？
當害怕彼此受傷害，人總是甚麼也收藏著，不說出來，
但感覺，是藏得住的嗎？

是否，我們在選擇的時候，都是非理智，非理性，
只是以全然的感性，蓋過一切客觀的現實……
因為，在我轉身的那一刻，甚麼情感，都灰飛煙滅了，
我可以抓緊的，只有我自己……

一段關係的失落，或者，應該是雙方的責任吧？
又或者直至有一天，走到世界的盡頭時，
在回望的那一刻，甚麼都不能再捉緊了……

讓，我在夢中，繼續抱著你；
讓，我在心中，仍是想著你；
讓，我在思念中，永遠留著這份甜蜜的記憶……
我愛你！

就算時光流　逝　　我還是會在
　　　　　　　　　等　　著你

可否，給我一個擁抱？

或者當我將要轉身，眼淚還未流下的時候，
可否，給我一個擁抱？

因為這樣，你就不會知道，我對你的思念，
以及，我心底中的難過……

有一種離別，不會太難過，
因為彼此知道，有一天，會再見面；
但有一種離別，卻是連說再見的機會，也沒有……

今天，我以為可以和你再共舞一曲，
你輕挽我的腰，我輕搭著你的膊；
但當我認真凝視你雙眼時，我發現一切，
原來，只是一場幻象……

說好了的再見，你在哪裡？
在我回望的那一刻，你在哪裡？

或許人生中最無奈和最痛，
就是在深深的期盼中，我們，再也不能相見……

許許多多人生的價值，人與人之間的相處，
多多少少，總帶著盼望，
或許，就是一份承諾，讓彼此可以拉近，願意珍視……

但是，許多時候，承諾就像雲煙般，飄走了，流逝了，
然後回望，所見的，連片言也沒有，連影子也找不著……

為何沒有信心了？
因為再看不見承諾，再也看不見價值，
在心深處的，只有一份最獨特但模糊的印象，
一份開始動搖的堅持……

或許這再也不是一份等待，
只是一份無盡的不捨，一種無名的痛，
一切，似乎都不再值得了……

走在中環街頭的日子，我就是特別掛念著你

我一點都不快樂，因為，我失去了你……

或者，你我也是專業人士，
但我，真的快樂嗎？
香港的中環，最是商業核心，
很多人，都披星戴月地回到工作崗位，展開一天一天忙碌
的生活，
五天過後，星期六日，才有點時間尋回自己。

或者，在工作上，可以遇上一些人，碰上一些情感的事，
令至在工作崗位上，還叫擁有一些刺激；
如果沒有的話，這五天，
都只是一份平淡如水的工作洗禮……

或者我每天下班後，總覺得中環的街道，特別淒迷……
望向遠處立法會的微光，然後，我總會想起你；
路上，那些車頭燈光與燈影，讓我更加想念你……

你知道嗎？在工作上，我是一位最優秀，最專業的員工；
但下班後，我的心卻最是不安，最是寂寞……
我很想再見到你，我很希望每個晚上，都能與你走在一起，
和你訴說我工作上的不快，和你一同共晉晚餐。

我知道，只有你才能明白我；
我知道，只有你的肩膀，才能讓我感到最穩妥，最溫暖。
每天吃甚麼，到哪裡吃，都不再重要，
因為我知道，你是我最愛的人，只要與你一起，就是快樂。

但是，我愛的人，現在，還愛我嗎？

我們曾經一起很多年了，一起應考最困難的專業試，
一起經歷了許多許多……
現在，我們都是專業人士了。

每天，我告訴自己，我要帶著最專業的形象去見客人，
我需要做出最具專業水準的工作。
優厚的薪金，良好的工作環境，一切勝人一籌的條件，
不知有多少人在羨慕，

但你知道嗎？我一點都不快樂，因為，我失去了你……
我望向辦公室的窗外，我以為你會在，
原來，都只是一個幻影……

中環的夜特別美，有時卻特別讓人心寒，
因為，中環的晚上，人越來越少，感覺，就越來越清冷……
這種不踏實的感覺，何時才能完結？

工作場上，難有真愛。
你在哪裡呢？我們會否有一天，在中環街頭，再次遇上？

我真的很想念你，
我真的很需要你，
我真的很愛你……

又或是，現在，你已經屬於別人了……

─────── 就算時光流　逝　　我還是會在
　　　　　　　　　　　　　　等　著你

其實我們只是因著一些小事而吵架，最後卻分手了，
大家就是一直沒有處理這些小事，慢慢地，
小事就變作大事罷了。

考取專業試時，大家都很忙碌，
大家都情緒緊張，大家都有很多堅持；
我常常發怒，讓你失望；
我總沒有顧及你的感受，我總讓你獨個兒難過。

最後愚蠢的我，居然提出分手，我真的覺得很後悔……

大家分開一年了，這段日子，我真的過得很痛苦，很內疚……
我覺得自己是世上最愚昧的女人，居然放棄一位，
深愛我這麼多年的人……

走著走著，我走到了蘭桂坊，但我不想再往前去，
我知道你不喜歡我去這些酒色燈迷的地方，
你總愛帶我到一些高雅的咖啡廳，訴說著你的故事，
你最喜歡看著我專注的眼神，然後，你也幽幽地看著我……

其實錯的，真是我，我沒有好好去珍惜你……

走在中環的大街上，我避開了街燈，走到暗處，
因為，我不想被別人看到，我的眼淚，在慢慢地落下來……

我拿出了電話，WhatsApp 了你……
你還愛我嗎？你能夠原諒我嗎？
錯過你以後，我才知道，我最愛的，就是你…

不知為何，我和他相處的日子，我總是想起你……

不知為何，我一直都不太愛你……

那年初夏，我們徘徊在海邊，
我對你，總是有一種不耐煩的感覺。

你不是對我不好，只是我耐不住你的平凡；
或者收兵這行為，對不起，我想告訴你，我還是有的。

我以為自己一直愛你，對你與其他男生，總有些不同，
但是，當很多人都對我很好時，
你的好，顯不出有甚麼特別。

你可以說，我是濫愛；
你可以說，我有欺騙你；
你可以說，我用情不專……

我就是不能夠很愛你；
或者，對不起，讓我說一句，
你就是沒有甚麼特別，沒有甚麼很吸引我；
在你身上，沒有我希冀的那種感覺，
其實，你也沒有甚麼特別過人之處……

日子久了，一切感情都變得淡然，
一切相處都顯得這麼平凡。

我最掛念和最愛的，原來是你

當你走後，我才發現，

或者，看海的日子多了，已沒有甚麼浪漫；
或者，看戲的日子多了，已經覺得千篇一律；
或者，吃飯的次數多了，開始覺得淡然無味。

人就是要活在當下，我感到一切，都太平淡無味，
在我心中，連一點漣漪也沒有。

戀愛，總應有一種特別的感覺；
戀愛，總應有一種讓人期待的激情；
戀愛，總應有一種心裡的牽掛和盼望；
但是，我對你，就是甚麼感覺都沒有……

就這樣，我們一起三年了；日子不長，也不叫短。

在這三年中，大家都滋生許多共同的話題，
其實有了許多相知的默契；
但是，我對你，卻越來越沒有愛的感覺。

對不起，我不是想欺騙你，我只是不想欺騙自己。

這一天，你也開始感到我的沉默，我們沒說一句話，
一整個下午了；
我終於鼓起勇氣，淡淡地說：「不如我們分手吧！」

是的，我不想繼續欺騙你，
當時有一個條件更好的男孩子，在追求我，對我很好；

他對我千依百順，對我很多眷戀，
我對他，真的很有感覺。

是的，真的對不起，我是想移情別戀，
所以，我先和你斷絕關係。
我只可以再次說：對不起⋯⋯

今天，一年後的晚上，同樣在這尖東海旁，我和他已經完結了。
原來一年的相處，我和他，完全沒有辦法磨合。

不知為何，我和他相處的日子，我總是想起你⋯⋯
他有很好的條件，但我總想起你的平凡沉實；
他有很英俊的面孔，但我總想起你深邃的眼睛，和曾經為我流
下的滴滴眼淚；
他有很多甜言蜜語，但我總想起你的沉靜和溫柔⋯⋯

是的，原來你走後，我才發現，我最愛的人，原來是你。

人就是這樣犯賤，沒有另一代替品的出現，不知如何測試自己
的感情！

對不起，我用你的痛苦，來換取我對自身感情的明白，
我實在是非常非常的抱歉！

我知道，你傷心很久；
我知道，我離開你後，你連工作也沒有心思，
跌得一蹶不振。

我不夠膽再去找你，因為，在你面前，我實在太有罪疚；
我不夠膽再面對你，因為，我曾經是如此的自私，
只顧自己的感受。

我和他徹底分開了，現在的我，孑然一身，我只一個人，
現在每天晚上，我只會想起你⋯⋯

對不起，或者今天我的傷心，就是要懲罰，
我當天讓你那麼的難過⋯⋯
我不祈求可以再與你一起，
但我很希望，能夠有一天，你能原諒我⋯⋯

其實我說過愛你，就會永遠愛著你……

其實或許，每人心裡，
總有著一份對愛的希冀與感覺，
在生命中，總會等著和愛著一個人……

這人不一定要永遠擁有，
這人不一定要時時待在身旁，
但這人，我總不會把他忘記……

時時刻刻，我會因著對他的愛，
我會因著他曾經的微笑，
我會因著那份曾經被愛與被信任的安全感；
而享受著生命中，愛戀中的一切美好……

我也感受著，愛與被愛的關懷與感動；
我也思念著，一份份牽掛中的觸動；
我更體味著，我們彼此心靈中，
所曾湧出的串串難捨之情……

我總覺得在最獨有的時空中，你還是會在愛著我……
是這樣嗎？你，還愛我嗎？

其實，若你要逃避我，我為何還要打擾你？

就算時光流　逝　　我還是會在
　　　　　　　　　　等　　著你

我，又為何要如此難過、無奈的等待下去……

有一種思念，是我掛念著你，
但你從來都不知道，在我心中，只有忐忑……

又有一種思念，是我掛念著你，而你又知道，
但我卻不知，你有沒有掛念我，在我心中，
這是一種不安……

又有一種思念，是我掛念著你，而你又掛念著我，大家都知道，
這是雙方的享受……

**又有一種思念，是我掛念著你，你也掛念著我，
但是彼此，從來都不曾知道，
這是一種深深的無奈……**

現在，究竟是甚麼光景，其實，連我自己，也無從知道，
或者，是第一種吧……

**沒有人喜歡失落，也沒有人喜歡傷感，
喜歡上你，是一種選擇，於我，
也還是一種深深的無可奈何……**

**從來不對等的愛，都帶來無盡的傷害，
可以是一份最徹底的失陷，也可以是一份痛入心扉的煎熬……**

心神落魄中的一份無力感，
如同被重重的黑暗籠罩，總不能自拔；
是的，我就是單單喜歡你……

你知道嗎？每一個深夜，也許能禁滅我的言語，
但卻不能禁止，我想念你的心……

其實我說過愛你，就會永遠愛著你，
其實一切，如果你覺得舒服，你就去做吧……

我尊重你的決定，我願意體諒你的難處，
我也願意去感受，你的感受……

或許每人心裡，都總有些難言之說，
或許每人心裡，總有一些心靈秘密，
或許連自己，都不能夠明白……

我只想你過得幸福，我只想你過得快樂，
因為，只要你快樂，我心裡，就快樂……

雖然我的心在落淚，但總不會讓你知道

惟有藏於心底中不能言喻的愛，才是生命中的最珍貴⋯

別時容易，見時難⋯⋯
以為愛了，就可以永久；
以為等待，就可以擁有；
以為付出，會得到真心；
原來一切都是錯覺，甚麼都是徒然⋯⋯

有些人，對喜歡兩字，容易輕言出口，
但心中的愛，根本沒有幾多；
有些人，愛在心中，反而不言一句，
因為愛得實在太深，害怕失去⋯⋯

究竟，我應該是說？還是不說出來呢？
機會錯過了，從來是一去不復返的⋯⋯

我甚麼時候可以清醒呢？
如果生命還餘下 24 小時，
或許，我真的很想告訴你，我心底的心事，而你呢？

其實每人心裡，終究會知道對方的愛，究竟有多少吧？
有時候，愛不是發生在大事上，而在小事上，
風雨中的一把傘，失落中的一份安慰，哀慟中的一抹柔情，
就是如此簡單而已⋯⋯

從來不聞不問，都有藉口，
我今天很忙，我不明白你的需要，我誤會了你的情況……
我想，理由或許只有一個，就是心中，不夠愛；
愛的失去，從來不會突然，而是一種痛苦的忍耐，漸漸的，
去到盡頭吧了……

**世上最遙遠的距離，就是你這種對我感受棄之不顧，
不聞也不問，
而你，從來都不會明白，
不是我想沉淪，而是我真的無法忘記你！**

可否珍惜我對你的愛？我真的很需要，你的愛……

**雖然我的心在落淚，但總不會讓你知道；
我對你的深愛，你也不會明白；
我一直未能忘記你，我還是會在著你……**

惟有情感的記憶，是生命中最重要的。

對不起，我恨你

每次我落淚，你總是視而不見……

今天你來，對我說：「我錯了！錯得很厲害，
請你原諒我！」

你說，你錯了三年……
在我們交往的生命中，你常說，你沒有認真愛過我；
但這刻，你卻發現，原來，你是如此的深愛我……

是嗎？一切一切的經歷，像影片般，
再一次播放在我眼前……

此刻的我，對你，再沒有說一聲再見，
因為，一聲再見已沒有意義，
說了再見，如想再見，其實也還可以相見，
根本沒有意義……

**反而不說再見，讓這情，慢慢地淡出，大家漸漸忘記對方，
更好……**

是的，這是一場很沉重的分手，沉重是對我，不是對你……

我的傷痛，已經很久了，但是，當中，你還記得嗎？
你還記起你是如何對待我？

今天你說：「我非常抱歉，我發覺，在你慢慢疏遠我後，
我才知道，其實，我很掛念你⋯⋯
我知道，你很愛我，
請給我多一次機會去補救⋯⋯
從前，我也給你很多機會去愛我⋯⋯」

是嗎？從前你是可憐我嗎？
從前，原來你是給我愛你的機會嗎？
即是，你根本沒有認真愛過我？

你今天所說的話，來得太遲了！
因為，我的心已死了，一切都不能再被補救了⋯⋯

時間，是不會等人的；
心，也會隨著時間，慢慢對所愛的人，慢慢地去淡忘⋯⋯

我也不知如何說起⋯⋯
我心死，你可以說，是因為我找到新目標；
也可以說，是因為新的目標，讓我更清楚，
你從前是如何惡待我⋯⋯

如果你能愛我，其實，我是不會有甚麼新目標的；
如果你能愛我，別人，其實是不能乘虛而入的。

新的追求者，讓我發現，原來你根本不愛我，
原來你根本毫不重視我！
他的愛，讓我更明瞭，其實，你從來不會顧及我的感受；
你一直在傷害我的心，耗盡我的感情，
你根本用刀插著我，讓我大大的疼痛，讓我不停的淌淚；
是你親手，毀掉我心中對你的愛！

你有資格說愛我嗎？
如果你真愛我，我留下第一滴眼淚時，你就應該看見！
但每次我落淚，你總是視而不見……

記得許多次在海邊，你讓我孤單一人，
你離我而去，你讓我哭得更多更久，
一次又一次的，我真的不能再承受這種苦楚……

你應明白，你應知道，
你應好好去保護我們之間的關係和感情；
你說你愛我，你應該看重我的感受，
然而，你一直甚麼都沒有做……

現在，你一次又一次的說：你愛我……
其實，從前，當我未離開時，
你好好的說一次，就已經足夠了，
為何現在，才說這麼多呢？
你又說，你真會好好反省，並嘗試更用力地去愛我；

是嗎？你真的會如此付出嗎？
過去，我一直都感受不到……

在每一次相聚後，在你得到彼此體溫的滿足後，
你只會狠狠的說，你不能真心投入地愛我，
因為，你心裡還有別人……

你又常說，你不能全心全意地愛我，
因為，你還想在工作上，攀爬更高的位置，
你需要投放更多時間，在工作和進修上；
你對我的愛，暫時不能完全。

或者，你把我留在身邊，只是在可憐我；
或者，你只是在利用我；
又或是，這只是你的一種貪戀，一種屬於你自私的手段，
能夠有女生，死心塌地的愛你，你感到一種自我滿足感吧了！

但你對我的感受，卻毫無感覺，毫不在乎；
你完全感受不到，我身上一直難受的痛楚。

其實，我由愛你，到現在開始恨你……
我恨你曾對我的傷害！
我恨你對我每次流淚的不顧！
我恨你，根本將我的感受，完全不顧的去踐踏！

由愛變成恨，需要先由愛，變成不愛；
更痛苦的過程，是由不愛，再變作恨……

愛一個人，是很困難的；
忘記一個人，更痛更難；
但要恨一個人，其實傷的更深……

對不起，我真的恨你了，
因為，我曾經深深地不顧自己，只愛著你……

在晚上，我總想著你；
在生活的小事上，我都記掛著你；
在每次出外公幹，回程的飛機上，我總是想著你；
在我每次到站後第一個打出的電話，總是打給你……

但是，你卻不將我放在心上，
你只喜歡肉體上的快樂，而忘卻了我心靈上的需要……

我恨你，因為你見到我的眼淚，而你每次，只會冷漠的離開！
你完全將我的感覺捨棄，完全將我的心，無情地撕裂；
你完全將我，置於死地而不顧！

我的心死了，你是如此的無情！我恨你！

我現在回想，我不明白，自己為何可以仍然愛你⋯⋯
為何你將我踐踏在地上，我卻將你捧在我的心上？
這是毫不清醒的事⋯⋯

我在愛中迷失了，我根本迷失了自己，連自尊都被埋沒了⋯⋯

今天當我醒覺以後，對不起，我不單不愛你，我心中對你，真
的有恨！
請不要再說甚麼補救，甚麼請我原諒你的說話，
因為我的心，對你，已經死了！

讓你離開吧！請你慢慢的遠去吧！
這樣，或者，我只是忘記你，不會再恨你了⋯⋯

恨一個人，是很痛苦的，
因為我的心，曾經，我知道，深深地愛過你⋯⋯
我的眼淚，曾經為你，串串的落下⋯⋯

我愛的，是現在的你

你總覺得，我是拜金的，這讓我很失望，也很難過……

你為何總不回答我？你為何總不回覆我？
你想擁有成就以後，才愛我嗎？真的需要這樣嗎？

你知道嗎？我愛的，是現在的你，不是有甚麼成就的你，
你明白嗎？

香港是一個高物質水準及生活的社會，誰不想成為專業人士？
誰不想成為醫生、律師、會計師、工程師等等？
口中說是為著理想，其實不少人，
還不是為了金錢和社會地位……

香港人談戀愛，不但需要外表，還需持有物業和金錢，
因為這些，就是戀愛安全感的來源。
在香港，物質和金錢，真的很重要……

但你知道嗎？如果此刻我告訴你，
愛，可以超越這一切，你相信嗎？

你是不是不相信我？還是因你過去的經歷，讓你恐懼了？

我知道，女孩總是拋棄你，因為你說，你總沒有甚麼成就……
一次又一次的經歷，你放棄了再去戀愛……

我和他們，可不能相提並論啊！
我明白，我也知道，最消磨人情感的，
就是對物質和金錢的渴求。

人生總有很多的比較，你說你貧窮，但誰是富足呢？
為何我們，不可以追求心靈上的富足？為何你總要和別人比較？
為何你總覺得，我會因你的經濟條件，因你的生活水平，而拋棄你？

是的，我收入比你高，但我從沒輕看你；
是的，我學歷也比你高，但我亦沒有輕視你；
你知道嗎？我已用盡各種方法去安慰你，但你還是自卑……

其實，這令我也很難受…… 我還可以再做甚麼？

我說過，我愛的是你的誠懇，你的真摯，你心底裡的溫柔；
我欣賞你的智慧，你的美善；你的世界，總充滿色彩；
你的眼中，總充滿樂於助人的善良……

人生不用太多的金錢，生活其實可以簡單一點，
但你總覺得，我是拜金的，這讓我很失望，也很難過……

有時，我只是去一些高水準一點的餐廳，
或者，我只是閱讀一些品味較高的書籍，
有時，我會穿一些高品質的衣服……
但我可不是只追求物質生活啊……

或者，你真覺得大家生活在不同的世界和領域中，
某些生活模式，其實只是我個人品味上的選擇，
我沒有要求你也一樣。

但是否這樣，給了你壓力？
是否這樣，讓你心底裡面，欠缺平衡感？

是的，我知道，你害怕付出愛後，會像從前般，
被人再次拋棄……

我明白，這種經歷，是很難受的，
你害怕我會玩弄你的感情；
你心底中，對愛，完全沒有安全感……

你真是這樣想嗎？
我檢視自己，在此刻，我真的愛你，
我真的很認真地愛著你，我真的無條件地愛著你……

你的微笑，總留在我心間；
你對我的關心，我每天都在回味；
你的喜好，我總想去嘗試；
因為我想和你一起，我想走進你的生活中……

人生匆匆，難得找到自己心愛的人，我是不會放棄的……

為何你總要看重這些外在的枷鎖呢？
為何你不讓我們彼此去建立關係呢？
為何你不讓我，有一個愛你的機會呢？

你可否看看我的真心？
你可否留心看我的行為，然後去明白我的心意？

我有介紹我的朋友給你認識，讓你也融入我的生活圈子，
但你總說，大家根本生活於不同的世界……

為何彼此不能去協調呢？
你說，勉強沒有幸福……
我知道，但可否彼此去相就呢？
我已經很努力了，我還可以做甚麼呢？
可否，給我多點時間，讓我去表達我的真誠？
讓我表達我對你的愛？

你說我會後悔，不是現在，而是往後；
你說，當我認識一位條件更好的男生，我就會放棄你；
你說，港女的話總是不能盡信，因為她們都沒有真心……

你這樣說，我真的很傷心……
真是這樣嗎？
可能我對你的愛不夠，可能我的愛，沒有讓你產生安全感，
你對我，好像再沒有耐性，好像再沒有信心……

難道人與人之間的相處，不能有改善的空間嗎？

有時，我都有憤怒，我都有不耐煩……
是否我的憤怒，激怒了你，讓你更不喜歡我？
你知道嗎？因為我心底裡對你的著緊，讓我心裡更不安……

你知道嗎？因為我愛你，我會堅持；

你知道嗎？因為我愛你，我總告訴自己，多去留意你的感受；
男性的自尊，真的很大很高嗎？

可否給我一點時間，去證明我對你的愛？
可否在我心情平穩的時候，讓我說出，我對你的真誠？
可否在我陪伴你這些日子中，你能明白，我心底裡，
對你的支持和愛慕？

每次想起你，我就有種害怕，我害怕會失去你⋯⋯

你常常考慮著離開我，覺得我不適合你，
你知道嗎？我的眼淚，就會不禁地流下來，
我真的覺得很難受⋯⋯

你知道嗎？我真的不能失去你⋯⋯
你可否再給我時間，去證明我對你的真愛？
如果我對你有傷害的話，你可否坦誠地告訴我，提點我，
讓我好好地去改善？

你知道嗎？愛一個人真的不容易；
我真的害怕，失去一個我深愛的人；
對不起，如果我曾給予你傷害，請你原諒我！
請你給我多點時間，好讓我能好好地去愛你⋯⋯

思憶，總不能停止

沒有甚麼是生命中最重要的事，彷彿這刻，只有你……

其實許多人，心裡說著愛，口裡也說著愛，
但究竟，在現實中，能夠付出多少的愛？

我，究竟是不是你最關心的一個？
愛，終究可以無條件，單向的付出嗎？
愛，是否可以在無聲無息底下，在毫無回應之下，還可以
繼續下去？
我這份付出，最終可以維持多久？

我與你沒有見面，已經兩年了，
異地戀，從來都不容易……

你總是說很忙，沒有時間回港；你總是說很忙，叫我不要
去找你……
其實這是藉口嗎？其實你還愛我嗎？

只有我一個人付出的愛，
蘊含著無比的孤單，無比的寂寞，以及無比的沉痛……

生命中，許多時，或許都是等價交換，
或許我不應再欺騙自己，
為何我總要忍著淚水，去包容著你？

愛是一種浪漫，
愛是一種付出，
愛是一種堅持，
但同時，也可以甚麼都不是⋯⋯

有時我覺得，生命中，再沒有甚麼值得期待，
生命中，再也沒有甚麼值得忍耐；
但在生命中這一刻，我卻知道，我真的還是深深愛著你，
對你，我就是不能放棄⋯⋯

沒有甚麼是生命中最重要的事，彷彿這刻，只有你⋯⋯

你偶爾傳來的照片，讓我覺得很不真實，
異地戀，沒有任何直接面談的渠道，只有望著不真實的熒幕，
我們也沒有辦法擁抱⋯⋯
我真的覺得，很不踏實，
我真的覺得，一個人很冷⋯⋯

究竟，你真的在異地嗎？還是，你一直在欺騙著我？

很久了，是無聲無息生命的流逝；
很久了，在似乎沒有光的空氣中；
但我對你的思憶，卻總不能停止⋯⋯

你在哪裡呢？我真的很想你⋯⋯

請不要愛了我，又離我而去⋯⋯

你知道，我也喜歡你嗎？
你知道，我在默默地等待你嗎？

我多麼希望，能天天望見你，
可以與你作思想上的交流，你也可以明白我的感受⋯⋯

今天是迎月的晚上，月亮又大又圓，但就是缺了你，
或者，在望見滿月時，我會在心中，向明月默默地，
訴說著對你的愛，總不改變⋯⋯

或許，我一直只能將你放在心底，
偶爾讓我將你記起；
或許，我讓你繼續遠去，慢慢地消失在我視線當中；
或許，我要徹徹底底的，將我所有的心事，
告訴你一次⋯⋯

或許，最後，我都是沒有勇氣，
我只夠膽呆坐著，看著日月的交替，
然後只會做的，就是深深地，想念著你⋯⋯

無論是你的微笑，你的溫柔，你的眼神，
你的笑聲，你的表情，你的小動作⋯⋯
我都一一記住了⋯⋯
因為，每當合上眼睛，我好像又見到了你，

有沒有一種愛，
是你明知我甚麼都不是，你也願意去愛我？

你就坐在我面前，讓我能清清楚楚地望見……

然而，我對你的愛，只有我自己知道……

有沒有一種愛，是你明知我甚麼都不是，你也願意去愛我？
有沒有一種愛，無論我變得如何，你也願意去愛我？
又或是有沒有一種愛，當我平凡不堪時，你也願意去愛我？

我知道，人的生活中、生命中，總充滿著比較、計較，
我知道，平凡的我，總是不夠別人吸引……

這些機會，可以常有嗎？
這種感覺，可以長存嗎？
面對你，我心中總是很甜蜜、很滿足，
但同時，我也很害怕失去你，我害怕，失去你的那種痛苦……

請不要愛了我，又離我而去；
更請不要給我希望，又讓我失望啊……

從來都不可告訴別人人心底裡的事，

我越收藏我的情感，我就越難過……

你離去的背影，已深深印在我腦海中、我的心深處……
你一步一步的離開，我的心，就一下一下的痛；
我知道，你不會再回頭了……

今次，也是我們最後的一次見面，
我的眼淚，一直往下流，往下流……

我知道，你總在逃避我，
我知道，我說甚麼，也沒有用……

在夜幕低垂的晚上，我總是想念你，難道不可以嗎？

我想像著，你會不會也有一點點的想著我？
還是，當我想著你的時候，
是否，你已經牽著別人的手……

我的心，真是越想越難過……

每一個人，都有一份自己最珍視的感情，
深深埋藏在心中，不能隨便拿出來，
也不會輕易被抹掉，更不可隨便告訴別人，
因為，如果說了出來，後果會是毀滅性的……

我對你的愛，只會埋在心中，
我對你的愛，只會停在心深處，
我不會讓你發現，我也不夠膽量，坦然地去向你承認……

但你知道嗎？這種埋藏，是多麼的痛，是多麼的累；
我越收藏我的情感，我就越難過……

積壓著的痛，積壓著的思念，重重的壓著我的心，
我，實在是不能自拔……

有時我想，這是否自作孽，不可活？
我為何要將自己，深深捲入這無底的漩渦中？
我相信，因為這是一份難得的愛，
這是一份，我深深看重的愛情……

我知道，從來是我的自作多情，但難道這有錯嗎？
我在心中愛著你，難道不可以嗎？

這一刻，我真的很愛你，我真的深深愛著你……
難道認真去愛一個人，又有錯嗎？

收藏於人心中的秘密，從來就不可訴說出來，
因為，說出來，就甚麼都再沒有了……

我好像再次看見你的背影，是那麼的清晰；
我嘗試去追著，但原來，一切都是幻影，
是已經一去不復返的幻影⋯⋯

今晚，只有低垂更深的夜幕，
重重厚厚的，把我籠罩，把我包圍；
在滴滴眼淚中，我彷彿又再次見到你⋯⋯

我愛你，你知道嗎？
我究竟是想你知道，還是想你不知道⋯⋯

有一種情感，叫逢場作戲

當中充滿著不真實，但卻又有一份很真實的愉悅……

你愛我嗎？又或者，我是愛你嗎？

在網上，我們都傾談一段日子了，
大家可能對對方，有著一種期待， 也是一種等待；
可能覺得對方，應該會有一點愛自己吧，
否則，就不會在網上，傾談這麼久了……

是的，網上的交往，從來都很夢幻，
因為，大家總見不著對方的真實樣子，只是在想像著……
就算有相片，也還有一點點虛幻吧……

究竟是甚麼時候開始，你變成我的傾訴對象？
我也真的記不起了。
或者，當中你有一兩句說話，說中了我的心事，
就是如此，我對你，開始有種刮目相看……

後來，我們一段段的文字分享，你願意更坦白，更真誠，
我也更大膽的，向你剖白我的心事；
我也更願意，赤露敞開自己的心思意念；
漸漸的，大家再也沒甚麼戒心了……

一步一步的，不知不覺間，我們談了許多、許多，

我們談家庭，談生活，談過去，談經歷，談曾經的感情交錯……

或者，我開始越來越依賴與你的交談了，
我總是依戀及陶醉在，我們彼此當中的對話，
因為，實在有一份令人無懼，暢所欲言的快樂；
因為，實在有一份動人卻迷離，不太遠，也不太近的喜悅；
當中充滿著不真實，但卻又有一份很真實的愉悅……

縱使大家不曾相見，大家也生活在不同的圈子，
明知彼此沒有進一步的可能……
但依舊，我們對話著，
我想，這份真誠，實在難得吧……

我開始，有點迷失，我心裡，慢慢有著懼怕；
我害怕，我會漸漸依賴著你；
我害怕，我會漸漸地，愛上了你……

香港的網騙，總是一次又一次的發生，
當中大家總用虛擬的身份，失實的言語，
去欺騙對方的情感和金錢……

究竟此刻，我是沉醉在迷幻的世界裡？
還是當中，我和你，真正有深刻和相知的交往？

或者我和你交談一段日子後，
可以當作朋友般，約出來相見吧，

否則，全只是網上的對話，實在很難斷定，
是否只是一些虛幻的情感……

其實，我究竟在甚麼時候，捲進這網絡情感的漩渦中？
其實連我自己，也搞不清自己的心思了……

或許因為有一天，我和你談得多了，往後，彼此的對話，
就越來越多……
你回應我的話，真的很到位，大家開始有一種感覺吧？
大家有一種相逢恨晚的感覺吧？

為何你總能明白我？為何大家總能了解對方？
為何大家總能明白對方心底的感受？
是的，我因著被你的了解，
我因著你文字上的成熟，以及你對我的熱情，
我真心感到喜悅……

我常常等待你的回覆，常常等待你對我的問候，
我很高興，我能在一個網絡空間中，可以和另一人，
深深地交往著，交集著……
我很願意更多與你分享， 而你，也一一認真地回覆了我；
其實，你知道嗎？我真的很感動……

許多時，在夜空中，都沒有甚麼人，
願意與我去談心，願意與我去分享，
願意如你般，去安慰著我……
只有你……

人與人的交往，有時，因著文字，會顯生愛意吧！
我想，我和你的傾談，我是喜歡上你了，是嗎？
還是，我只是想，你能喜歡我？

我的愛，是否帶著自私？
是否在我心底裡，又或是大家心底裡，
都只停留在一種逢場作戲？

會否有一天，當我真的動情時，我會發覺，一切都是一種幻象，
你其實是在欺騙著我，根本，你已有親密的伴侶了……

又或是，有一天，當你對我動情時，
原來你也發現，我也嘗試在欺騙著你……

或者，這就是現代網戀的代價；這就是現代網戀的虛幻……

這種真與假之間的感覺，著實危險，
因為，當中大家想說甚麼，就是甚麼，完全不用負責，
我也從來不知道，你的真實身份和底蘊。

網戀，好像很不真實，
但又讓我，有一種踏實和快樂的感覺……
大家可以無所不談，然後情感，一點一點的遞增，
一天一天的加深。

是的，這樣，對我來說，我越來越有罪疚感，
因為，我總覺對不起，我一直所愛的他，一個遙遠的他……

我與你這一種情感，叫逢場作戲吧？
我本打算，只和你談談，交個普通朋友，
可是，大家不期然在空虛的時候，在網上，談得多了……

我們究竟如何去界定，彼此的關係？
我們如何可以談著談著，只是朋友，不會越界？
大家可以如何好好交集，而無悔無憾？
我可以如何把持得更好？但我開始覺得，自己把持不定了……

為何你總是這麼聰慧，總能解決我心底裡的問題？
為何你總願意常常回覆我？
你對我，也有著好感嗎？

其實，每人時間都有限，我們願意選擇回覆，
其實都是一種付出……
我們是喜愛著對方嗎？還是彼此只想換取短暫的快樂？

你知道嗎？我心裡，對你真是有一份感激，
我感謝你一直聆聽我心底的故事，你一段一段的文字分享，
你與我一次又一次文字上的交談，我都反覆重讀再重讀；
我知道，這些都不是必然的付出……

或者，你的認真回應，是連我所愛的他，也做不到。
我對你，真是越來越有感覺了……

是的，網戀的吸引，就是這種文字的記錄與往來，
可以翻來覆去地看，來來回回的閱讀；
情感的昇華和增進，就是這樣，一天一天的累積著……

我究竟有愛你嗎？
有時我想，可能我真的慢慢愛上你了……

對不起，再這樣下去，我只會更對不起你……
這真是一個很大的陷阱，因為，我是不可以愛你的，
因在我心裡，早已有心愛的人了……

網上點點滴滴的傾談，真是危險，
我害怕傷害了你，也失去了他……
讓我抽身吧！對不起……

告白

有些告白，是沒有本錢的，只需簡單說一句：我愛你！
得與失，都不太重要；
有些告白，卻是想了一生，也沒有勇氣說出來，
因為說了以後，可能一切，都再沒有轉彎的餘地了……

有些告白，在重重的負擔下，還是說了出來，
當中所付出的愛，從來就是心靈中，最強大的力量，
不是因著深深的愛，或許，就沒有這份，豁出去的勇氣……

表面上，我說不在乎你，但其實，我常常在打聽你的消息；
表面上，我好像不再聯繫你，但其實，我每天晚上，都在
想念著你；
表面上，我沒有任何表示，更裝得若無其事，
但其實，我每天晚上，都在翻看著我們的舊照片……

我很忙碌，有時是假裝的忙碌，
我不敢聯繫你，也不敢打擾你，
因為我害怕，我對你的愛，會讓你知道……

其實，要假裝不愛你，困難嗎？
肉身的假裝從來都不困難，
只是，我心裡總是很忐忑，常常患得患失，
我很害怕有一天，最終會完全失去你……

我心裡，確實很愛你，而你，卻從來，都不曾知道……

當我願意說對不起，就是為能再次得著你

你知道嗎？一直以來，你都是我的最愛，
只是，我用了錯的方法去愛你……

如果有一句話，會讓你記上一輩子，會是甚麼說話呢？
會是這句話嗎？
對不起，請原諒我，我愛你……

當我願意說對不起，我就是為能再次得著你，
我願意放下自己，我願意去承擔錯誤，我就是能希望尋求
你的原諒……

我希望你能知道，我很想挽回這段感情，
我也看重我們之間的關係與愛情……

我願意說我愛你，就是我從心中，對你的珍愛，
而最重要的，是我願意顧及你的感受……

曾經，我沒有好好去明白你心裡所想，
我對你總有許多的埋怨，我對你總有許多的要求，
我常常鬧情緒，我常常發脾氣，更常常發洩在你身上……

是的，我對你的要求，總比別人高；
我只看到你的不足，但總沒有看到自己，
同樣也有著許多的缺點；
我沒有給你時間和空間去改善；

就算時光流　逝　我還是會在
等　　著你

119

我是一個急躁的人，而你的沉實和緩慢，卻常常被我質疑；
你常被我指責，指責你的溫柔，總配不上我的敏捷……

其實，你只是做回自己。
或者我認識你的時候，你已是這樣，我卻常常迫你去改變，
更將你從前的優點，現在，都總看成為你的缺點……
我常責罵你，我常要求你改這改那，
有時我甚至，會無理地砸東西……

我忘記你每天，其實都已經很忙很累，
已沒有心思意念，再理會我這麼多的情緒……
是的，因為我很衝動，我又常常與你冷戰，
我以為透過冷戰，可以讓你知道，我心裡想著甚麼；
我總要你去改變，變成我想的模樣……

我可以用上一星期，兩星期的冷戰方法，去折磨你；
這一星期、兩星期，我都不願與你交談一句……

你工作已很忙，卻常常深深地，受盡我的傷害……

是的，當我冷靜下來再細想，當我在夜闌人靜時再重新反省，
我是有錯的，請原諒我，對不起……

你知道嗎？一直以來，你都是我的最愛，
只是，我用了錯的方法去愛你；
我總用不正當的方法，去與你相處；
我常發脾氣，常讓你不快樂……

你知道嗎？我真的很愛你，我其實很著緊你……
我很著緊你的將來，也著緊你的身體，
但我就是不懂表達，總是用上愚昧的方法……

我的愛是真誠的，希望你能明白，希望你能知道……

每次你夜深回來，我都會等著，我會害怕，你是否被我傷透了，
要離開我了……

那時候，我總是很後悔；
我知道我心裡，真的很關心你，很愛你……

我只可以再次說一句，也請你接納：
對不起，請原諒我，我愛你……

我是否已經成為配角？

只要你能單單愛我，其他一切，都不再重要……

有些人對有些事，是刻意忘記；
有些人對有些事，是怎樣忘記，還是會繼續記起；
有些人對有些事，總要將感覺收藏，但最終，
還是壓抑不了；
有些人對有些事，可能真的，已經忘記了，離去了……

一切都只是我自作多情嗎？
或者，一切都是我，活在夢幻當中吧！
離去了，和無聲的道別，其實又有甚麼分別？
因為，一切同樣，是一份無盡的傷感……

我經常在想，可以忘記你嗎？
只要甚麼都不去記掛，其實，一切都可忘掉吧！
但原來，這是沒有可能的，因為你在我心，已烙下痕跡；
我可以儘量不去記起你嗎？
也不可能，因為當我抬頭，見到明月，我同樣也會，
想起了你……

人總有不同的感受，不同天空下所見的月亮，
是否都是一致？
那要看大家的心境如何；
你還愛我嗎？或你已經忘掉了我……

明月幾時有，把酒問青天？我知道今天，就是中秋的日子，
要我忘記你，或者，先把我自己忘記吧！
因為，我真的深愛著你……

或許人在情感上，總是貪婪的，只是不去承認吧了！
有時我想，是否連我自己，都是這樣？
愛，從來就是自私的，需要專一的，以及獨自佔有性的……

其實甚麼是不敢回憶？甚麼是不能遺忘？我都搞不清楚……
人與人之間的關係，是否能在調適下，彼此可以走得更遠？

我，不敢回憶你曾對我的傷害；
我，不能遺忘曾經的痛……
其實，你能否站在我的角度去想想，
只要你能單單愛我，其他一切，都不再重要……

或許我知道今天，我已經成為配角……

很多時，人與人之間的關係，總是在互相推卸責任；
你總是對我，有很多的要求；
但你有沒有想過，你帶給我的傷害，有多深？

有時最難過的，不是心累，而是心死了，
從來愛的流逝，都不是一下子的事……

愛的流逝，從來就是一種心痛與撕裂，
在無法再承受的一刻，一切都會隱沒，一切都會煙消雲散……

人為何總要在所有愛都滅沒時，才去後悔？

摩天輪

我最大的冀望，是源於你……

其實你會照顧我嗎？你會繼續愛我嗎？
這是我的痴想嗎？還是大家都要付出多點努力？

雖然我們只是短暫的愛了一剎那，
大家也知道，這份愛，總沒有前途，也不可能有甚麼結果，
但這份愛，卻是如此的真實，如此的讓我難以忘記，是如此的刻骨銘心……

當你愛著我的時候，其實，我甚麼都不是……
多謝你，在我卑微的時候，你就已經愛上了我……

你最想和誰坐摩天輪呢？
你最想和誰，坐在高高的摩天輪上，俯瞰維多利亞港全貌，
好像擁有大地一般呢？
是我嗎？我是你心底裡，最愛的人嗎？

我很希望，和最愛的你，一起坐在摩天輪上，遙望長空……

有時，或許沒有太大的期望，反而沒有太多的失望，
或者，我只可以安慰自己，本來我就甚麼都沒有，
現在也不缺甚麼，
只是我總經歷著，一份最大的迷失，
一份最深的哀慟罷了……

就算時光流　逝　　我還是會在
　　　　　　　　　　等　　著你

為何你總讓我一個人生活？

為何，我可以一個人這麼久？
我走在街上，在街燈的映照下，更顯著我的孤單……

我愛的，是你的本質，
不是你有甚麼學歷、財富、才幹及其他後加之事，你明白嗎？

為何你還要追求這麼多金錢、財富、名利和地位？
還不足夠嗎？我從來都不在乎這些……
你覺得我是一個拜金的女孩嗎？
對不起，我不是。

你有許多的追求，因為，你認為這是你的人生價值，
你說在當中，這可以肯定自己；
你說你的追求，是為了改善我們未來的生活，
你說，你為我們未來的生活作準備，有錯嗎？
是嗎？是這樣嗎？
其實，對不起，請讓我說一句：你愛的，是你自己吧！

我等著又等，我們從一星期一次的交往，減至兩星期一次……
我不知道，兩星期一次的交往，還有甚麼意思？
我覺得，我們連普通的朋友，也不如……

如果這樣下去，我想，我們之間的感情，真的會慢慢轉淡……

我 WhatsApp 你，我聯絡你，你說未必有時間回覆，
從來，你就是已讀不回，
我等了再等，你說，你真的沒有時間……

或者，我現在和你，只是一些拖拖拉拉的日子，一些沒有質素的生活，
我覺得這樣下去，我們還餘下甚麼？

我需要被陪伴，我需要與人傾談，
我需要被聆聽，我需要被了解，我需要被關懷……
這是一個女生最基本的需要……
你明白我的心思意念嗎？
你願意好好理解和關心我嗎？
你的心究竟是怎樣想的？
如果你真心愛一個人，你不會讓她受苦、讓她孤單吧？
我相信，你也很想更多去了解她心底裡的故事……

為何你可以讓愛你的人，常常一個人走在街上？
為何你可以讓愛你的人，常常只有一個人看戲？
為何你可以讓愛你的人，常常一個人孤獨地遊逛？
為何，我可以一個人這麼久？

你說，我可以尋找同性朋友的陪伴，
但是，你知道嗎？我已經開始，習慣一個人的生活……
我習慣一個人吃茶，我習慣一個人遊逛，我習慣一個人購物……
我不是缺乏朋友，我是缺乏愛人……

我發給你的訊息，你讀完就算了吧？
其實，我的忍耐，可以還有多久？
我也不知道……

我是真心愛你的，所以，我才有這麼多的耐性，去等待你，
但你卻利用我的忍耐嗎？
你從來都不願意多陪伴我，不願意多去理解我，
你對我根本毫不尊重，
我還可以愛下去嗎？

這究竟是愛嗎？

我走在街上，在街燈的映照下，更顯著我的孤單……

我相信，心中有愛的人，總會為對方的感受著想，
心中總會記掛著對方的難過……
究竟，你還愛我嗎？

我站在街上，我真的不想知道答案，
因為，我很害怕無情的結局……

我心中覺得很孤單，得無力，很難過……

———— 就算時光流　逝　　我還是會在
　　　　　　　　　　　　等　　著你

就更渴望你能明白我

我對你越加有愛，

在乎，你就會明白，我心底裡，有那麼多的難過……

人生就是充滿衝突，你今天好像很愛我，不知何時，彼此
總會有衝突……

人與人相處，難道會沒有不安和不快？
如果大家輕言放棄，就浪費彼此許多的眼淚……

請你不要將心事放在心底，
否則，我們的關係，永遠只會原地踏步。

人與人之間的錯誤，每天都會重犯，
今天我得罪了你，明天你開罪了我；
為何大家不可說清楚？為何大家不能坦誠相告？

只要你告訴我，你的感受，其實，問題是可以解決的，
因為，我的心，只在乎你……

越在乎一個人，人就越敏感，心靈就越容易悲傷，
我對你越加有愛，我就更渴望你能明白我；
同樣，你也渴望我能明白你……

但原來，你根本不明白我，
我的眼淚，就流得更多更多……

因為我覺得委屈，因為我覺得不知所措；
因為，我覺得不被明白；
因為，我覺得，彼此的關係，為何會是這樣？
為何我的付出，總會付諸流水……

我從來都說，凡事、凡感受，我們都得表達出來，更要說得清清楚楚……

生活中，總有大大小小、許許多多的傷害與誤解，
然後，大家就要嘗試解決；
當然，如果你能明白我的感受，如果你能明白，我難過的面容，
背後的原因；
如果我知道，你在乎我的感受；
如果我知道，你在不停呼喚我的名字；
如果我知道，你珍惜我的眼淚；
如果我見到，你心裡為我落淚；
如果我知道，你是如此在乎我；
我怎會捨得不愛你……

在乎，比任何事都重要；
在乎，你就會明白，我心底裡，有那麼多的難過；
在乎，你與我，就不會輕言放棄關係；
在乎，是因為彼此心中有愛……

你說，如果我們關係不好，無法再繼續下去，
就彼此忍痛，開始另一段新關係了……

我說，關係從來需要去磨合，
我想說，我心中對你有愛，我根本不想停止我們彼此的關係！

大家目的，是去建立關係，為何要弄致不歡而散呢？為何要令
大家難受呢？
我不明白，究竟中間發生甚麼事……

請你尊重我的感受，我也珍惜你的眼淚；
請你看重我的情感，我也明白你的淚水；
請你掛念我的憂慮，我也明白你心中所感；

只要大家心中有著對方，多站在對方的立場，
去明白對方的感受，
只要大家願意坦誠說出來，最終，凡事，我相信，
都可以解決的，是嗎？

親愛的，我愛你！
我總會等著你，
等著你的表達，等著你的溫柔；
也願我能用最溫柔的心思，去明白你，去聆聽你，
去好好對待你，以及深深地，愛著你……

從不退讓

你有你的堅持，

其實如果真愛一個人，我相信，是需要先放下自己，
去認真明白對方的想法……

我們彼此總有差異的時候，總引發許多的誤會，
為何我們漸行漸遠了……

我們的差異在哪裡呢？
你凡事總很衝動，而我呢？
我凡事都愛深思熟慮，我會仔細思量各項處境，
我會儘量顧全大局；
你呢？你總是很衝動，要做的事，要即時去作，
不太顧及後果……

你脾氣不小，有時甚至小事，也會讓你發怒；
你說這是勇敢，是見義勇為，是不平則鳴……
你說，這是你一種值得驕傲的性格；
你說你的行動，會令社會進步……

或者你的想法，與我實在太不一致……

從來每對情人，關上門，就不知道彼此當中，
究竟發生甚麼事，
表面看來，我們總很恩愛，總有許多的傾談；
別人說我們的關係踏實可喜，
一張一弛，是非常美好的配搭，
但我們總有許多的爭執，根本無法解決困局……

你有你的堅持，從不退讓；
其實如果真愛一個人，我相信，是需要先放下自己，
去認真明白對方的想法……

我們相處久了，衝突實在太多了，我開始覺得很累了……
在我們意見不相合時，你仍然堅持自我；
往往我的退讓，只會換來你的步步進迫；
我的忍耐，換成你的得寸進尺……

你的想法與我總不同，你一定要我走向東面，
你一定要我陪你，往你指示的方向去……

我說我有自己的計劃，但你總堅持己見，
你對我的話總不屑一顧，
許多時候，你的衝動與我的冷靜，成了強烈的對比……

我要忍耐到甚麼時候呢？
為何凡事，都由我去忍耐，那你呢？為何你永遠都是贏家？

彼此不公平的相處關係，這種沒有協調的相處模式，
可以這樣繼續的嗎？

愛情其實就是相處，相處其實就是大大小小的爭吵，
爭吵過後，大家還可以往前走嗎？
當彼此沒有站在對方的想法和位置上去想想的話，
傷感，從來都不能被平復……

其實兩人在一起，雖然看似戰勝孤獨，
但有時那種無奈、無力和不被了解，甚至委曲求全，
有時比一個人的孤單寂寞，所承受的傷害，
可能更大、更深……

越假裝，就越不快樂

其實我不懂假裝，

其實最困難的，不是去面對你，而是在面對你的時候，
要裝作若無其事……

曾經，相約在這裡；
曾經，等待過一刻：
還像，昨天的事……

我總愛凝望著你，因為心裡，總有一份莫名的感動，
一種說不出的激動，
但今天，又如何？

人生確實，有很多事值得記掛，人生確實，也會忘記許多……
能夠留在心底的一兩件事，能夠留於心裡的一個人，
在時間洗滌下，我就知道，你值得被珍惜，你值得我去記掛……

無論如何，這種感覺，都是真實，都是無價……
只要我有空間，總會想起你，你現在安好嗎？

可是，當一切都無法知道，再被觸動的，只是一種傷感的情緒，

連自己都不能理解，連自己也不能明白，究竟，傷感從哪裡來？

我不知如何去修補這洞口，更不知如何去止息眼淚……
是不去觸碰嗎？還是，以後再也不碰這地方……

其實最困難的，不是去面對你，而是在面對你的時候，要裝作若無其事……
你知道嗎？這是很苦的……

這叫心累吧？是時候放手了吧？

有一種累，叫無從解釋；
又有一種累，叫自尋煩惱；
更有一種累，根本就是自我的欺騙……

我知道自己心裡，其實很軟弱，我不能再假裝太多、太久了……
我想告訴你，其實我不懂假裝，越假裝，就越不快樂……

不過，還是欺騙自己吧！
因為在謊言中，我便可以，無限地去愛著你……

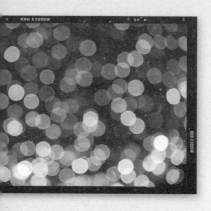

Part 3

那麼愛你為甚麼

你的叛逆，成了我心中，一份永遠不忠的遺憾

當我記起，你曾經欺騙我的時候，我的心就無限地孤寂、
會無限地將黑暗放大……

說出來的確令人很難受，
這天，你居然這樣的告訴我 ：
「我不單止有你一位情人，我其實還有另一位……」
然後，你再問：「你可以接受嗎？」
我驚愕，我無奈，我還有甚麼話可以說？

我當然是不能接受，
但是，你卻說：「如果是這樣的話，你可以選擇退出。」

我們一起已經三年了， 這三年的日子，大家都過得如此的快樂。

──────── 就算時光流　逝　　我還是會在
　　　　　　　　　　　　　等　　著你

141

這三年中，大家相知相交，每天，你總以真心和我互相問候，
晚上，你會道晚安，才讓我去入睡。

每星期，你都會陪我一至兩次晚飯，你的家人，我也見過了。
我想不到，原來，我只是你其中一位情人！

為何，你不早告訴我知道？
如果你一早說，我不會去繼續投放感情，我定會斷然拒絕你！

愛情，當動心了，
當愛，慢慢滋長了，
當愛，變成習慣，
當情，慢慢在心底糾結，
我想，我再也不能自拔了⋯⋯

但你居然在這時候告訴我，你一直以來，有另一位情人！
你說，你想坦誠告訴我真相很久了，但你真的不知從何說起；
你不是不愛我，只是同時，還愛著另一位女生⋯⋯

可以這樣的嗎？究竟我們現在是甚麼的關係？
她是正選？我是後備？
那我們，還有未來的嗎？
你這樣，是想我和她競賽嗎？

你說，她也知道我的存在，不介意大家現時這種關係，
因為，她不會退出⋯⋯

我想，她真是可以毫不介意嗎？
而難道她不介意，我就可以不介意嗎？

我再問：「究竟是我先出現，還是她先是你的情人？」
次序很重要，因為，如果我先出現的話，你是貪愛；
但是，如果是她先出現，我卻是第三者！
但你不置可否，也不願告訴我真相……

是的，如果我這時候退出，我真的不甘心！

我這刻，感到前所未有的痛，因為，你將我的感受，完全置之不顧；
你這自私的愛，將痛苦，大大加在我身上；
你的濫愛，你的貪念，你放縱的慾望，全部都讓我，痛苦萬分……

我不想再想……
這天晚上，我的眼淚，崩潰地流了下來，
因為，原來，我愛上一個根本不愛我的人……

我以為一直被愛，原來，你根本從不顧及我的感受，
你只站在你自己的慾望上去愛我，不，或者你根本沒有愛過我！

你究竟有愛我嗎？你說你愛我，也愛她，你也不能選擇！
你說，你也痛苦萬分，你也不知所措！
你說，你每天也在行屍走肉，因你也不想親手傷害兩位心愛的女生；
你說你心也痛，你也是不能自拔地愛著我們二人；
你也忘不了誰，因你兩位都不捨……

你希望大家能彼此共存，但可以這樣的嗎？
我完全不可理解和接受！
你其實是在欺騙她，同時也在欺騙我！

但是，我對你的情感，是要繼續？還是要止步？

一星期後，我仍然是崩潰地，再大哭一場，
我無法平息自己心裡的難過……

夜已靜，我知道，沒有人能理解我此刻心裡的痛苦，
因為，我就是捨不得對你的愛，
我們的相遇，不是偶然的；我們的相處，有血有肉……

但我知道，這份愛，不能再繼續，我將會永遠失去你；
因為，愛上不對的人，最終就是痛，最終只有沉淪……

你不停 WhatsApp 告訴我，你不是想分手，你是想三人
共存，
但是，可以這樣的嗎？
難道往後，我們三人一起生活？我可以這樣答應你嗎？
你再清楚地告訴我，你不是不愛我，只是你也愛她……
但我再一次告訴你：「我不能接受！」

我反問：「如果我有另一位男朋友，你可以接受嗎？」
你沉默了一會，然後皺著眉，冷冷地說：「當然不可以。」

我不可以有多一位男友，那為何，你可以有多一位女生作情人呢？
你斬釘截鐵的說：「我會感受痛苦，我會感到難受……」

你再重重複複的說，你不知道應如何愛下去……
你只可以讓我，或者她去選擇，
你說你，也是痛苦萬分的……

你說：「我不知何時開始，陷入這個僵局，糾纏在這個漩渦中，
我真的很難受，我真的很抱歉，我錯了，但我不知如何去補救……」

是這樣嗎？愛情是這樣的嗎？
你自己也分辨不到對與錯嗎？
你一腳踏兩船，你還可以找這麼多的藉口嗎？

或者這一刻，我知道，其實你對我的愛，根本是自私的，
根本就毫不完美！
我不可以與人共享男友，你要我和她競爭嗎？

我的心很疲累了，我需要切斷這種難受的關係！
你要我陷入這種糾纏不清的關係中，去換取你的愛嗎？
我接受不了！
或者你一次的叛逆，就是我心中，一份永遠不忠的遺憾！

生命中，總有一個黑洞，
當我記起，你曾經欺騙我的時候，
我的心就無限地孤寂、會無限地將黑暗放大，會毫無安全感。

人與人的交往，我相信，需要一份妥善的安全感，
讓雙方安心地、舒舒服服地生活下去；
但是，現在這份安全感，沒有了，被你親手破壞了……

但是，要我這一刻抽身而退，我真的不甘心，
叫我徹徹底底地去放棄你，我也真的不情願，亦做不到。

究竟我應何去何從？我也不知道。
為何你要讓我這樣的難過？為何你要如此對待我？

我只可以說，我的心真的很痛，
我的失落和眼淚告訴我，我開始恨你……

在寂靜無人之地，在燈影淒迷之間，
只有我自己知道，我曾經多麼的愛你；
但是，這份愛，將會變色；
這份愛，將會慢慢隨時間，被淚水化開，
在時間的推演下，逐步退去……

你說著愛我的時候，你也愛著其他人嗎？

為何你可以繼續這樣對我？因為，我只是你的次選吧……

你認識這麼多女生，又這個，又那個，
你的目的，是要告訴我，你也有很多選擇，是嗎？
你不只是隨緣，不只是談天，你總想告訴我，
有很多人，在戀慕著你……

我知道，你是在掩飾，你同一時間，其實在愛著很多人……

我是不是，只是你當中的一個替代品？
你心裡面，其實是錯過了一個人，
現在，你就來找我，填補你寂寞的空間？

你根本沒有愛過我！
確實，我們也沒有甚麼特別難忘的經歷，
我們只是在網上，偶然認識罷了……

你對我的愛，從來都只是表面的感覺吧？
你覺得這樣，對雙方，都是最好嗎？
難道你能知道，受害者的感受嗎？
你以為我真的不知道，你說愛我的時候，你也愛著其他人嗎？

我只是假裝不知道吧了！
為何你要不斷玩弄我的感情？
你一次又一次對我的傷害，
我一次又一次流下的眼淚，難道你沒有看見嗎？
我總以為，最後，你還會愛我，但原來，一切都是幻象……

你常常，要我再一次給你機會，
我總是給你，但你卻總叫我失望……

算了吧，停了吧，一切都完結了吧！
請不要讓我再在這種漩渦中，糾纏太深太久久吧！
我深深感到傷害，夠了吧！

你能夠深深讓我難過，讓我承受這許許多多的苦楚，
其實是因為，你根本，從來沒有愛過我……

我再也不懂向你表達了

我經歷了太多的失望，太多的無助，太多的孤單，
只餘卜自己和自己的對話了……

想想別人，從來不是一件容易的事，
因為，人就是自利的，只會想到自己……

如果真正愛著一個人，你就會懂得，站在他的位置上，
去體諒他的感受；
你願意用上他的眼光，去明白他的難處；
你亦願意從他的感受上出發，去明白他的眼淚……

愛就是一份無限的包容與接納，
你總願意站在對方的心靈上，去看重對方的需要……

但今天，你又如何對待我呢？

或者我的忍耐，是有盡期的……
你究竟有愛過我嗎？你有看重我心靈裡的需要嗎？

為甚麼你對我的難過，總是不願去理解？
你對我的痛苦，總是無動於衷……

每晚你都是如此的晚回，每晚你總是拿著你的手機，
用完再用……

你有站在我的角度，去想想我嗎？

是的，要想想別人……
我總是不停站在你的角度，去想著你的需要；
我知道你工作上的疲累，我從不去打擾你；
我知道你工作很忙碌，我也盡力完成我的工作，不去勞煩
你……

你有你的家庭纏繞，我盡力做好作為伴侶的責任，
我盡力去支援你，去幫助你，去包容你的一切……

但是，你又如何對待我呢？你有在乎我嗎？
你有體諒我孤單及無助的感受嗎？
似乎，一直都沒有……

想想別人，是一件很重要的事，也是一件很困難的事，
因為，這真的需要站在對方的角度上，去為對方設想，
去為著對方的好處著想……

你有想想我嗎？這種思維活動，從來是雙向的，
否則，只會留得一份空洞，
只會留得一份最大的無力感，
只會留得一份慘被遺棄的感覺……

你有停下來，去想想我的需要嗎？
你有停下來，去想想我的感受嗎？
你有停下來，去體諒我的處境嗎？

相愛已不容易，相處從來是更困難，
因為大家都沒有去想想對方；
我想你的時候，你總沒有想到我；
又或是你願意想我的時候，我已不再想你了⋯⋯
因為，我經歷太多的失望，太多的無助，太多的孤單，
只有餘下，自己和自己對話，
只有餘下，一種最深層，最痛苦的無奈，深深埋藏在深心處，
以至，我再也不懂向你表達了⋯⋯

又或是有一天，你真的嘗試去看顧我的感受，
而我卻沒有明白你時，請你告訴我；
我很希望，我們彼此，都能顧念對方的需要；
我很希望，我們的情感，能更進一步，
因為，你知道嗎？
我從來都是如此的在乎你⋯⋯

每一齣戲，是否總有落幕的時刻？

其實這世上，不是大家沒有緣分，不是大家都錯過了，
而是很多時，大家都沒有好好珍惜，也沒有好好去把握機會……

每一齣戲，是否總有落幕的時刻？

其實要講一句我愛你，有多困難？
最困難的，是說了以後，要做的一切事，要承擔的一切責任……

愛一個人，有錯嗎？

當大家發現彼此，都擁有著不應該擁有的感覺時，
我惟有說一聲：你想得太多了……

是的，這是一句謊言，這也是一份收藏，更是一份完全的假裝，
但是不這樣說，我還可以說甚麼？

是的，每一齣戲，總有落幕的時刻，
但我總不想就這樣，讓簾幕，慢慢地垂落下去……

我們真是沒有扭轉的空間嗎？
我們真是沒有可以挽回的餘地嗎？
你與我，是否每人可以再退一步，
以至，我們就可以再進一步了……

我們不一定要有戀人的關係吧？
我可以在心中，繼續深深地愛著你，難道又不可以嗎？

愛是否只有一種形式？
我愛著你的同時，我也可以愛著其他人，是嗎？
又或是，愛只有一種，就是我將完全的愛，都交給了你？

其實一個人，真的能夠持久去愛另一個人嗎？
人生在世，遇著這麼多的人，難道每人心中，
真的從來只愛著一個人嗎？

當誠實面對自己的時候，或許，每人的答案，都會很可怕……

我已經缺乏，再次投入感情的勇氣

我無言，也很傷感，因為，我們是曾經的相愛過……

曾經，我深深的愛過你，一位溫柔的音樂人……

你總看重我的感受，你多情，自信，生命中，總是充滿著光彩……
我在你的的眼光中，總感受到許多的愛，許多與別不同的溫柔……

每天，我們總有說不完的話題，
我們的交往，總沒有沉悶，
我感到快樂，我感到生命，總充滿著許多的不可能性……

但是原來，有一天，我發現，我不能夠再和你一起，
因為原來我們之間，其實有著很多矛盾……

我們本是一對，因了解而結合，亦因了解而分開……

但原來分手後，我才發現，你的真面目；
你在我背後，說了我許多的壞話，更散佈了很多的謠言，
最可怕的，是你鼓動他人，叫他們採取法律行動，去針對我……

我無言，我也很傷感，因為，我們是曾經的相愛過……

我不能夠相信，我們就算不能在一起，你也不應如此對待我吧！

愛的反面就是恨嗎？就是這種極大的恨嗎？
我真的覺得很可怕……

**原來曾經的愛，不只會煙消雲散，完全滅沒，還可以讓人，
有這麼多的仇恨！**

我體會到人性的醜惡，人性的兇殘，我心中有著無止境的痛……

我真的害怕、抖震……
我真的沒有安全，我每天以淚洗面，
或者往後，我已經缺乏，再次交友和投入感情的勇氣……

你將我的希望，都拿走了

甚麼時候開始，我對你總有一份胡思亂想……

因著你的坦誠，你的主動，你獨特的情感，你對我的明白，
你，曾經對我所表達的愛，
每一項，在我心頭中，都牽起一陣陣的蕩漾……

你的人品很好，說話總逗我歡心，
你心底溫柔，言談之間，總是深深地吸引著我……

不過我知道，我與你之間，就是沒有可能……

其實人與人之間的關係，很是特別，
只要在情感交集的那一刻，人與人之間有好感的那一刻開始，
彼此願意去起步的話，是有機會，慢慢去建立更深厚的關係，
但如錯過了這個時刻，相信就很難再建立了……

或者，我們在對方互有好感時，我們的關係，就停住了……

我不知道是甚麼原因……
是你太忙了？是你已經不再喜歡我了？
還是你只是要一種快速的激情，
從來根本，不想建立往後深厚的感情關係？

過了我們互有好感的時刻，其實我們，甚麼都再沒有了，
往後，也不能再建立甚麼關係了，
因為建立關係，需要空間，需要時間，需要心力，以及，需要愛……

在香港，生活急促，其實我們彼此，
可以有幾多時間，幾多空間，去建立彼此的關係？
認識，然後失去；然後再認識，然後再失去……
我都覺得心累了……

認識你的時候，我的心，很是快樂，
然而你將我的希望，又突然拿走了……

除了失望，我還可以再說甚麼？

或者人是需要冒險，我剛出來工作，時間不夠，
我需要陪伴家人，我需要工作，我需要進修……

我從來就沒有心靈的空間，去開始談戀愛……
現在當我有一點空間的時候，
我總是遇著一次又一次的冷淡，一次又一次的被人退卻……

或者當我年紀漸大，我可以遇上的選擇，就越來越少，
當我選擇你的時候，你也有更多其他的選擇，是這樣嗎？

又或是，其實是我對你的愛不夠，
又或是，我心裡掛念的，其實是他，
而你，也察覺了吧……

人與人之間的關係，總是錯綜複雜，
在那個時候進，在那個時候退，從來都沒有固定的章法……

有時我想，我對你，總是有點保留，
你對我，也不是全然的開放……
在進與退的交錯點，大家都不知所以然的時候，
有一方先行告退，另一方，總會是傷心落淚的吧……

我，總是常常，站在被別人退卻的位置上……

———— 就算時光流　逝　　我還是會在
等　　著你

為你流淚的時候，我就覺得快樂

我能夠快樂，就是因為，我在尋找快樂的過程中，得到快樂……

追尋快樂的過程中，我有眼淚，我有憂傷，
我能與別人分享，我能夠被擁抱；
在尋著愛的過程中，我也會快樂……

或者我的生存目標，不是要得到快樂，
而是，在尋找快樂的過程中，我能發現快樂……

因為我知道，我根本就不快樂，
快樂從來離我很遠，我根本不能尋到……

但在追尋快樂的過程中，我或許可以感受到快樂……

你能夠明白嗎？
請不要說我常常憂愁，更不要說我是假裝快樂，
因為每人的心境，就是不同……

又或是，在愛中，我才能夠找到最大的安穩，
以及心靈中，最大的力量……

不要告訴我，流淚的時候就不快樂，
因為眼淚，可以是一份感動，
又或是一份在愛與被愛中，深深被觸動的情緒……

特別是為你流淚的時候，
我覺得，這就是快樂……

我是真心的，無條件的愛著你

我只知道我心底裡，就是只愛你⋯⋯

其實當我心痛的時候，你也心痛嗎？
或者，當我流淚時，你也流淚嗎？

其實對你，我能夠知道甚麼呢？
我就是甚麼都不知道⋯⋯

你愛我嗎？我不知道；
你還重視我的感受嗎？我也不知道；
我只知道，我心底裡，就是真的很愛你⋯⋯

或者你已經很堅強，很勇敢，
因為，你願意去表達，你勇於去承認，一點點對我的愛⋯⋯

沒有一種情感活動是錯的，
愛一個人，有甚麼不對呢？
對一個人好，又有甚麼不妥當？

如你想我知道，你對我的愛，請你讓我知道，
請你坦白地告訴我，你的心，還是在愛著我⋯⋯

其實，可否不要再繼續彼此傷害？
可否在彼此傷口結疤以前，就好好醫治大家的傷口？

許多時，其實傷口的痛，不是肉身上的痛，而是內心的痛，
血漬雖然乾了，但我心中的傷口，還是在痛⋯⋯

在你轉臉的那一刻，在你毫不顧念我感受的那一刻，
我的痛已經註定了，你會明白嗎？

你知道我常常為你而悲傷嗎？
為何我不可以悲傷？不可以流淚？
我想起主耶穌，他也有哭泣的時候……

為何神讓我們常常喜樂，因為祂深知我們的本性，
知道我們常常有情緒，知道我們常常不快樂……

為何神賜我深深的愛？
因為，祂知道我需要被愛，祂也知道我會常常受傷，
以至，祂也創造眼淚，沖洗我心中的悲傷……

其實有時我想，我是真心愛著你，
還是，我只想得著你的愛？

其實從來，對未可知的愛，對未能深深掌握的愛，
我心裡，總有猶疑，卻也總有期待……

又或是有一天，當我知道你真正愛我的時候，
可能我發現，我已經不再愛你，
因為，我受的傷害，已經夠了……

這是憑感覺嗎？
這是人性嗎？
這是人的自利任性嗎？

我真心檢視自己，我不是只想你愛我，
而我是真心的，無條件的，願意去愛著你……

可以說出口的，或者，我都已經說過了……
不能說的，請不要再尋求答案了……

就算將所有事都說出來，你又能明白我嗎？
你又會知道，我心中那痛苦的感受嗎？

請不要再怪責我了，請不要再為難我了，
或者受傷的感受，不是可以用言語來表達，
那種湧入心中的哀傷，不能被外人道呢……

**如果你還是替我著想的話，請待我溫柔一點，
請你讓我的眼淚，在一處屬於自己的空間，慢慢地流下，
也讓我有一處空間，去恬靜自己……**

**願你，不要再取笑我了，
我只是選擇去愛你，我，還有甚麼話可說……**

其實，大家都想想對方，可以嗎？
大家都願意站在對方的立場上，
想想彼此的感受，請問可以嗎？
如果你願意認真地明白我，
你就會知道，我心底裡，為甚麼會難過……

— 我不能說的，請你不要再尋求答案了

當人動了情，還可以有甚麼選擇？

藍色是憂鬱嗎？還是藍色，是一份屬於你我的色調？

曾經，我們有一起看海的日子，我們有一起寫作的日子，
我們是如此的快樂，
但是原來壯士斷臂式的難過，痛楚，一點也不容易經歷……

從來只有你與我一起的奮鬥，但現在，只餘下我一個人……

是的，我一個人看著星空下的海洋，我見到海，依然美麗，
但是一切，卻缺了你……

我能等到天亮嗎？太冷了，太夜了……

或許在回家的路途中，我還是幻想著，能再次，見到了你……

可以寫一封信給我嗎？可以簡單給我一個留言嗎？
沒有你的消息，我發覺，我已經沒有了方向，沒有了信心……

許多時候，能夠讓我明白，能夠讓我安心，或許就是你寫上的
這幾個字……

或者你覺得不重要，但你知道嗎？
一些具體的信息和文字，對我來說，是何其重要……

是的，我是不冷靜嗎？

你總看見我的不安靜，就是因為，我在心中，只見到你⋯⋯

是你偷取了我的心⋯⋯
當人動了情的時候，還可以有甚麼選擇？

如果你不接受我的真心，也請不要取笑我，
因為，一個人的哀傷，是痛的，
但外加的冷言冷語，卻更會讓傷口，更深更痛⋯⋯

足印

不知甚麼時候開始，在一步步的足印下，我就是如此的，
愛上了你……

每一步，我的心，也印上了你我的足印……

我走過這間咖啡室，記起我們曾經的流連；
我走過這間單車店，記起曾經陪伴你購買零件的點滴，
我總在等著你，總擔心著你的安全，
我叮囑你一切要小心，我不想見到你受傷……

走過這間文具店，記起你購買了一張生日卡，送給你的親人，
你總是一位溫柔的男生……

這街上，曾經，我們一起走過，走上了一段又一段……
一段不長不短的路，
一段段記憶永不能磨滅的路……

一段段刻骨銘心的感受，好像也刻在路燈上，
路燈投射著我孤單的身影時，我好像再次見到了你……

那天，我陪你走到西鐵月台，讓你登上列車，
我望著你的背影，有種很難捨的感覺，
我知道，我們將不再相見……

當我見到車門關上，列車駛離車站的那一刻，
我的眼淚，不期然地流了下來，
我知道，一切都挽回不了……

西鐵總是來來回回……
那天，你總沒有很快的登上列車，我們站在這月台上，很久很久；
列車一輛一輛的，在我們面前駛過，而你，總沒有登上去……

燈影照在你臉上，我清楚看見了你的容貌，
但是，我卻不能看透你的心……

我分不出你的心，究竟是對我的一份依戀，還是有其他的想法，
而我心裡，只有一份激動，以及一種，說不出的難過……
因為我知道，這次分開以後，我們將再也不能相見，
我也知道，你每次所說的多謝，也是一種，分手的訊號……

你心裡究竟想著甚麼？
是的，你只有感謝，沒有其他了嗎？
你真的感受不到我心底裡的溫柔嗎？

或者，你從我眼睛裡，真的看不出我的深情嗎？
你真的看不見，我為你落寞和難過的表情嗎……

你心裡，有著我嗎？
為何，我們就欠這一步？

我們所留下的足印，都讓我如此的難忘，
因為我在尋索你身影時，我總是在想念著你……
我總想著，你的生活，過得好嗎？
在一個我不知道的地域裡，你快樂嗎？

我會再一次走上這段路，再尋索一次，當中我們的足印……

我總不能欺騙自己，心中對你的日夕想念，我真的動了真情，
不知甚麼時候開始，在一步步的足印下，
我就是如此的，愛上了你⋯⋯

我總是跟著這路徑，這步伐，一次再一次的，走了再回來，
因為我希望，深深記著曾經的路徑，
深深記著曾經的眷戀，
深深記著曾經心中的愛和激動，
以及希望有一天，在路上能再遇上你⋯⋯

我希望能與你，走過每天，
我希望能記著，我們走過每段路的細節，
因為，每個足印停留下來的回憶，都是如此的獨一無二，
你在我心中，就是如此的不能被代替⋯⋯

因為在乎，我總是掛念著你⋯⋯
我繼續走上同一路徑，我希望能再次尋覓，
只有我們的一雙足印⋯⋯

縱使店舖改易，但你在我心中的位置，總不改變⋯⋯
因為所有的愛和思念，已深深刻在我心中，永成烙印⋯⋯

當你走後，我就陷入後悔中

漫長的黑夜過後，何處是黎明？你平安嗎？

香港是一個高質素的城市，
同時也是生活指數極高昂的城市，
不要以為每天的生活很容易，
或許我不要對愛情，有太大的憧憬與期待，
因為每天，大家都在彼此傷害，都在讓對方，感到難過……

其實我們比任何人都驚懼，
我真的不知道，未來我們可以走的方向，
是的，我真的覺得心累了……

這一種心累的感覺，不知從何說起，
每天我們總有許多的紛爭，我們之間總有種種的不能磨合；
大家總有不同的訴求，關係總是糾結不清……

好像常常只要有一些瑣事，就打亂了我們每天生活的調子，
打破了我與你生命中安詳的步伐，
究竟我可在哪裡，找到一處安穩之地？
你究竟有真正愛我嗎？

人就是自私的，我發現，每人最愛的，只有自己吧！
為何人與人之間，總有這麼多的對立面？

為何我們都不可站在對方的角度上，
以更多的愛，去理性思考問題？
當愛被撕裂時，我覺得很心痛……

黑夜已深，白晝能近嗎？
今天，你又逃避我了……

當你走後，我就陷入深深的後悔中，
陷入了深深的難過中……
你在哪裡呢？你平安嗎？我真的很掛念你……

這是我的初戀

眼淚彷彿在記念著，我這一份獨特難捨，
深深嵌入深情的初戀……

這是我的初戀……

我從來沒有談過戀愛，我很害怕，
因為，我不知道我愛的人，會不會愛我？

或者人生中，最害怕的，就是當我深深愛著你的時候，
你卻不會愛我……

是的，踏入戀愛的年歲，我渴望戀愛，我更渴望被愛……
我分不清楚，究竟愛應是雙向，還是單戀也可以……

每當我遠遠望著你的時候，其實，我已經深深愛上了你……
但是我知道，這只是一種單向的程式和經歷，你根本沒有愛上
我……

單戀，就是有著一種遙遠的距離感，同時有著一道深深的鴻溝，
因為，只有我愛著你，
而你，卻在我面前，距離很近，但彼此的心，卻是很遠……

這種實近還遠的距離，讓我很難受……

就算時光流　逝　我還是會在
　　　　　　　　等　著你

每次我見到你，我的心，就是一份空洞，
每次我見到你，就只有一種深深的落寞，
但同時，每次見到你，我總像有一種暖流，流過全身⋯⋯

我對著你，總有一種很觸特的感覺，籠罩了我的全體；
我見著你，我就是坐立不安，有時更是面紅耳赤的，
因為，當我愛著你的時候，我不知道，我是否愛錯了，
同時，我也很忐忑，為何你總沒有愛上我⋯⋯

我很害怕，因為當你對我微笑的時候，
我就盼望，或許可以有一天，你也能愛我⋯⋯

後來，當我知道，你也對我有好感的時候，
我的心，真是感動得不知如何形容⋯⋯
我心裡面的雀躍，讓我幾天晚上，也睡不了；
當我喝著白開水的時候，我總覺得自己，在飲著果汁，
心甜得不得了；
我的心，也跳得很厲害，因為被人捧在掌心上的感覺，
實在太美好了⋯⋯

我很希望有一天，我們能徹底切實地相愛⋯⋯

但是，我知道，故事原來只有開始⋯⋯
因為，我們都愛上了一位，不應當去愛的人⋯⋯

當我對你的愛，越陷越深的時候，
當我對你的情感，越來越不能自拔，
當我對你的愛，越來越不能收放自如的時候，
我的情感就是傾倒著，我的心，不知是在向上升，還是在往下沉……

究竟，我是快樂，還是痛苦？

當我不知道你愛不愛我的時候，我的心只有忐忑，
但當我知道，你也選擇愛我的時候，
我卻墮入一份很深的傷感和困擾中，
因為我知道，我們是沒有機會繼續走下去，
但我對你的愛，卻是在與日俱增中……
這會是一種更大更深的痛苦……

要停止嗎？不能啊……
這是我的初戀，我就是不知不覺地，愛上了一個不應該愛的人……

愛從來就是不可以解釋，不能一語道破，也不是說停止，
就可以停止的……
我不夠膽告訴別人我們之間的愛，因為，我很害怕別人的目光……

從來，沒有人可以因著一次的戀愛，就可以和所愛的人，走完人生；
生命中，總有很多的歷練，
生命中，總帶著很多很深的疑問……

我仍然是如此深愛著你，我內心，每天總是不停的交戰著，
在每個無人的晚上，我都在想，我能夠被你所愛，
我總感到無限的幸福……
或許我很貪心，我真的很需要你這份愛，
我享受著，我就是戀慕著你……

我常常幻想著，被你擁抱的時候，
你的眼睛，總深情的看著我，
你的臉，總能夠貼著我的臉，
你的體溫，總能夠溫暖著我……

今天，你走近了我，輕輕抬起我的臉龐，
我看著你俊美的臉，我心中激動不已；
你的愛，就是如此融化了我，
你的愛，就是如此停在我心間，久久纏繞著，
我連站著的力氣也沒有，我只有軟軟的，倚在你的身軀上……

我的心跳，你也能夠聽到；
你心中的激動，我也感受到了……
你知道你能夠明白我，你總是欣賞我……
你同樣也承受著種種的苦楚，承受著重重的罪疚感，
用力地，緊緊地，擁抱著我……

我知道，我們的愛，不能永存，
但是，我就是享受著這一刻，
因為，我愛你……

我想著，我可願意為你放棄一切，
我想著，就算錯，我也願意繼續沉淪下去……

這刻愛上你，或許就是我這一生，最幸福的事……
我不知道，在人生往後，還有沒有人，我是如此深愛，
而他也願意，如此的深愛我……

或許，我相信有一天，當我找到一位適合我的愛人後，
我心底裡，永遠也會繼續停留著你的影子，
因為在我心底中，你就是如此的獨一無二，
我對你的思念，總不會停止……

不期然地，當你更緊的抱著我時，
我的眼淚，也慢慢地流下來；
眼淚彷彿在記念著，我這一份獨特難捨，
深深嵌入深情的初戀……

不打擾，其實是一份最痛的情

第三者，可以是她，可以是身份，可以是地位，可以是金錢……
以至，第三者，取代了我，是這樣嗎？

人生總有許多不同的選擇，終究都是自己的選擇；
或是悲，或是喜；或是付出，或是無奈；
或是痛楚，或是眼淚；
都是我自己的選取，與他人無關……

我，最終選擇一份心底的愛，默然無聲，忠於自己，
為何，我要向別人交代？
為何，我不可以自己作主？

其實，你不用逃避我，也不用遠離我，
只要我知道你活得好，我心裡就滿足，我心裡就快樂……

或許愛就是一份成全，愛應當是一份對你的祝福，

或許我只有一個卑微的願望，就是可否讓我知道，你現在幸福嗎？

沒有人是完美的，也沒有愛是完美的，
默默的愛，不求回報，是我的一份心甘情願，
是我的一種深情付出，也是我的一點最後溫柔……

請尊重我的選擇，因為，我不知道，我還可以再做甚麼，
不打擾是一份情操，因為我知道，你已經逃避我，你已經遠離我……

其實，我多麼希望去關心你，我也很希望，你能關注我的感受；
在這寂靜的空間中，一切都是如此的無聲無息，
其實，這只是一份不能選擇的選擇……

夜色晚了，不打擾，其實是一份最痛的情，
你知道嗎？當中滲入了我幾多的難過，幾多的眼淚……

為何你要在我傷口上，狠狠地再傷一次？

傷痕再被暴露時，那種痛不欲生的感覺，
根本沒有人能夠明白⋯⋯

請不要觸碰我，還沒被醫治的傷口⋯⋯

每人心中，都有一處傷口，都有一些過去，
這傷口，潛藏了他的經歷，
潛藏了他人生中，一些不愉快的經歷⋯⋯

這些不愉快經歷，或者他曾告訴你，已經痊癒了，
他也告訴你，因為時間的關係，已遺忘了⋯⋯

但我想告訴你，真正的傷口，會這麼快痊癒嗎？
會這麼容易癒合嗎？

許多時，以為癒合的傷口，其實，只要有丁點的事再去引發，
根本傷口，還會在痛，還會再淌血⋯⋯

你知道嗎？我從來都有一處傷口⋯⋯

或許你知道，我曾經有的失落，
或者你知道，在我人生中，曾被深深地抓傷的自尊心，
有我人生中，曾被狠狠地磨滅了的尊嚴⋯⋯

我的一切，都被迫失落了；
我以為可以抓緊的一切， 我以為可以抓緊最深愛的你，
最終，都逃離得無影無蹤……

這是一場最大、最深的傷害……

那時候，我躺在一處無人之地，我嘗試舔著自己的傷口，
我希望傷口，能儘快癒合……

怎知，你再次前來， 有意或無意的，
在我的傷口上，狠狠地再傷害一次……

你的出現，你的消失；
然後，你的再出現，你的再消失……

第一次的受傷，我流的血很多，我的傷口很深，
我用很長的時間，傷口才能結上疤……

我想告訴你，如果傷口再被刺傷，傷痕再被暴露時，
那種痛不欲生的感覺，根本沒有人能夠明白……

傷口，從來也無法自行痊癒，
傷口，甚至可能，在再受傷的時候，傷得比第一次更深更痛……

或者我可以做的，就是去逃避你，去遠離你；
我需要去躲開你，
我不想我的傷口，再一次被人赤裸裸地觀看……

別人以為我很安好，但其實，我根本就在痛，
人們從來看到的，就是我的表面……

其實，沒有人知道，自己的傷口究竟有多深，
但當你被同樣的傷害，再深深傷害多一次時，
當中再引發傷口的疼痛時，
你就會知道，曾經有的傷口，原來是如此的深，如此的痛……

我坦然的面對自己，從前的傷害，我還沒有康復，
而今天你給我的傷害，讓我痛上加痛……

請離開我吧！請讓我在一處安靜的地方歇息吧！
對不起，我真的不想再見到你……
我只想一個人，靜靜地，過些平淡的日子，
慢慢地，舔著自己的傷口，享著一點兒的安息，不讓人發現
而已……

因為我的傷口，還在淌血；
我的淚，還在心上、身上，流著……

———————— 就算時光流　逝　　我還是會在
　　　　　　　　　　　等　　著你

曾經，我們在宜家傢俬店

從來關係，都需要磨合，但磨合以後，就沒有了自我……

今天，我和你一起逛宜家傢俬店，為著計劃我們未來的家……

我們一起遊逛，看看這，問問那；
我們對未來，就是一種憧憬，相信將來我們的家，是無比的
浪漫……

我們想著組織小家庭，想著將來有了孩子，
想著抱著可愛的小孩，心情，真是無比愉快……

原來，這是五年前，我們逛宜家傢俬店的景況……
然後呢？是的，我們已組織了家庭……

今天再來時，你有很多不同的意見，我也有更多不同的見解；
大家忍耐不再，總覺彼此的意見，是那麼的逆耳；
也不再覺得，對方的意見是適合……

我們還沒有小孩，你想購買一個特大儲物櫃，
而我想購買更多廚房設施；
大家在討論後，發覺資金不足；
最後，你購買了你想要的，
因你想佈置你的電腦房，而我的選擇，
又如何呢？

原來人與人之間的相處，總是會先顧念自己，這是人性吧！

從前我們的親密感，我們擁有許多的調和融合，
今天，變了許許多多的意見不合，
變了很多很多的爭吵，變成總總的無奈與不安……

你總是堅持你的想法，而我的容忍度，也變得越來越少……

從前你會欣賞我如何佈置家居，
你總讚賞我如何粉飾我們的家，
你總讚歎我如何用格子布製作浪漫；
今天，你覺得我所有做的，都不夠實際，
我所有做的，也在浪費金錢，更在浪費你的時間。

你陪著我的時候，常說我購買這，添置那，
不但阻礙地方，更毫不實用；
然後你說你想購買的，盡都是實用的東西。

是的，我回憶當初，我是欣賞你的實用性，我說你做事總有計劃，
而你也欣賞我的大膽設計，更欣賞我在生命中，
總帶著前衛感和浪漫之情。

原來，五年後，一切都改變了……

五年前，我們走在這宜家商店，大家想著走入婚姻，一起佈置家庭……

原來五年的光景，
許多浪漫，都已不再，
許多激情，都已放在一旁。

從來關係，都需要磨合，但磨合以後，就沒有了自我……

坐在餐廳內，你點了一份羊架，我點上一份肉丸，
然後，我們一起吃一份沙律菜。

原來，我們彼此仍然覺得，生活不用大灑金錢，
我們應該去品嚐價廉物美的食物；
我和你在對望著……

是的，我曾經欣賞你，
但今天你已被現實的生活磨蝕，我也沒有了當初對你單純的愛，
大家，都已經不再一樣……

原來要一起走下去，一點也不容易，
但我們的關係中，卻也新加入一種感情，
不再是激情，也不是甚麼牽掛，而是一份簡單的互相倚靠；
似乎我們的感情，不能再被分開，因我們在生活上，
都需要對方……

或許在生活中，彼此的磨合，
需要先放下自己，然後，嘗試去欣賞對方的好處。

在磨合過程中，人雖然失卻一點自我，
但卻有一個嶄新的你與我出現；
這個從心而出的合一，或者讓人更去留戀，
因為或許，這才是可更長更久的愛……

是的，沒有了自己，卻出現一份更新的感情，
可能是平淡的，可能是帶有你我優點的；
其實，這會否是長久而穩定的幸福？

是否人已握在手中的，從不去珍惜，
是否許多一幕又一幕簡單的生活，
平淡中，其實有著一種我們獨特的美麗，
因為，這種簡單的愛，只屬於你和我……

又或者，人生活中，願意有上少許的犧牲，去滿足對方，
這種愛，會否才能讓彼此，更感受到溫暖……

是否我在欺騙自己，說我還是在愛著你

愛是最大的力量，愛是最大的付出；
愛為了成全你的好處，愛應是永不止息；
縱使，我再也見不到你⋯⋯

其實真要維持一段關係，很困難嗎？
原來一切，都只是夢幻嗎？
我是否弄錯了，追蹤生命的次序？
一切，一點，都不真實，
因為，你從來也沒有關顧我的感受⋯⋯

愛真是偉大的嗎？還是自私的？
愛真是無動於衷的嗎？
誰可承受不顧別人感受的愛？

是的，一切都來得不容易，但一切，都只是我一人去獨力承受
夠了，累了，痛了，心碎了⋯⋯

**最後，可能只是我嘗試在對自己說謊，
然後再欺騙自己，說我還是在愛著你⋯⋯**

你為有想過我的感受嗎？
如果有的時候，我相信，我不會這麼的難過，
我相信，我不用天天在忐忑不安⋯⋯

我除了思念你，我還能再做甚麼？
我除了默默無聲地等待，在流淚，我還能再做甚麼？

有時候，你可以站在我的角度想一想嗎？
這樣，是否可以免卻許多的誤會，也不用不斷消耗，
我們難得的感情基石……

情感磨蝕了，就甚麼都再沒有了……

不要因為爭吵，讓我錯過了你

我知道，你其實是愛我的，或者，你總用錯的方法去愛我……

我和你的吵架，總是沒完沒了，
我不明白，為何，我會曾經愛上了你……
每一次的吵架，你總是堅持自己的己見，
你總是遷怒於我，你總沒有想想我的感受；
我憤怒，我難過，大家互相冷戰，再冷戰；
然後，你對我冷嘲熱諷，冷言冷語；
我也受夠了！

大家生活在一起，如果大家心中無愛，越發有恨，
每一件小事，都可以生出磨擦；
我們也變得越發暴戾，你對我開始使用言語暴力，夾雜粗言，
我也開始向你奮力擲物，大大的發脾氣！
暴力總會升級，你開始更憎恨我，我也只用憤怒的眼神，
去看著你！

我常常想著當天，為何我會揀選了你？
我想著，為何你對我，沒有一點憐愛？沒有一絲溫柔？
我知道，我心底，曾深深愛過你，
只是生活中的艱難，各小事上的磨折，我們總不能適應：
其實，你還愛我嗎？

憎恨與憤怒，在你我心中不斷蔓延，
其實你有見過我的眼淚嗎？
你知道我在晚上，總滴下串串的眼淚，
因為我很想知道，你究竟還愛不愛我？
或者我們需要停一停，彼此一同冷靜，
想一想，究竟我與你的關係，應如何走下去……

我知道，你其實是愛我的，或者，你總用錯的方法去愛我，
你總用你認為好的方法，去對待我。
其實你知道嗎？我心底裡有些想法，但我總沒有機會和你深入溝通，
以至大家，開始漸行漸遠。

從來人與人之間的關係，都是複雜難明，難以磨合的，
因為每個人，只會站在自己的位置上去想。

人總是軟弱的，人總有很多自我計算，人總是自利的，
包括我自己在內。

人與人之間，或許需要掌握進與退的藝術；
許多時候，我們都一起推進，要求對方這，要求對方那，
然後，激烈的戰火、憤恨，總會燃燒了雙方的眼睛，
最終大家不歡而散……

為何我們總不能各退一步？
只要大家真心看待對方的需要，許多時，愛才能滋生。

生命中，有許多重要的價值，有時候，最需要爭取的，
就是愛，
因為，愛能將我們的眼睛再次燃亮，
讓仇恨化解，讓生命得到改變……

或許我們需要作的，就是檢視自己，
其實我想你去愛我的時候，我也真有愛你嗎？
或者，當我在想你的時候，你有想我嗎？

其實，如果你的心早已離開了我，
請你坦白地告訴我，不要讓我等了又等，哭了再哭；
心中總有一種忐忑不安，一份不知所措的苦痛……

或許，我只有一個願望，就是能夠，成為你的知己，
在我心裡，一直去愛著你，直到永遠……
我希望讓你在我心內，一直不變；
你說，可以嗎？

唯願有一天，走在世界盡頭以前，你能尋索著我，
你能有機會了解我，明白我，
然後，你會懂得，你會知道，我曾經，是如此深深的愛過
你……

又或是，我真的在計較，因為我覺得，
為何我要如此輸掉了……

或者你我的相遇，是對的；
但我們相遇的時間不對，你總是這麼忙碌，
我卻想停下腳步。

或者我們的空間也不對，你在東，我在西；
或者我們彼此的遭遇和經歷，也不對……

然而，有一件事，對就夠了，就是我仍然是深愛著你，
我仍然盼望著你的回來，
我仍然在心靈有限的空間中，將你放在首位……

其實情感的存在價值與意義，要計較許多的錯與對嗎？
可否告訴我，有沒有一種愛，是沒有條件的？
可否告訴我，有沒有一種愛，只有付出，而不要求收穫？

我想告訴你，或者多情的人，注定要受傷害；
又或者，是我的心，根本不夠愛你；
又或是，我真的在計較，因為我覺得，
為何我要如此輸掉了……

每人心裡，都裝著許多的事；
因為這世代忙碌，沒有清閒的人，
但我的心，總找了一個角落，去放著你，去愛著你，
因為，你就是讓我如此地思憶著，不能忘記……

我多麼在乎你的時候，你有在乎我嗎？

每天，都是生命中的一份獨特經歷和奇蹟，
生命中，有著許多的不可能，
也有著很多，不能停下來的步伐……

我知道，我心裡面，總是愛著你，
但面對你的時候，我總是說不上一句話……
我也知道，生命中，沒有可能再去選擇多一次，
因為，一切都已是必然，存在了，發生了，又如何能夠遺忘？

為何我總要將思憶留下來，因為，我真的掛念著你……
為何要說道別呢？我多麼不想留下自己一個……
在無聲無息的空間中，一切都不再是偶然，
因為我心底裡，對你的感覺，就是如此的真實……

在這無聲無息的空間中，我聽到自己心裡面，
最大最深的嘆息，就是對你的呼喚……
一切的愛，都不再是孤單的，
因為，當有情有愛有義的時候，
每一天，我都願能擁抱著你……

外面的雨，總是下的很大，
喜歡上你，是一份偶然，
但願意繼續喜歡，卻是一份必然的用情和用力，

我多麼在乎你的時候，你有在乎我嗎？

從來愛，都是一種痛苦的心靈掙扎

相愛時，大家只將最優秀的一面，表露出來，讓人見到；
但長久相處下，所有缺點，就再沒有任何可隱藏了⋯⋯

或者當人不願去犧牲，也不願與對方磨合時，
愛，就會被重重磨蝕⋯⋯

從來愛，都是一種強大的心理活動，甚至是痛苦的心靈掙扎；
需要雙方許多的犧牲，許多的忍耐，許多的堅持，
彼此才能一起，默默地繼續走下去⋯⋯

人與人之間的相處，總是一件複雜的藝術，
如何進，如何退，都不是一件容易簡單的事⋯⋯
或許在相互的協調中，人從來要放上許多的忍耐，
許多的愛，以及許多的堅持，才能走完情感之路吧⋯⋯

換位思考，從來都不容易；
每個人總愛站在自己的立場上，只想著自己的感受；
卻從來沒有，去想想對方的感受⋯⋯

其實，只要你能夠合上眼請，靜默數分鐘，
作個換位思考，
你願意站在我的角度上，去想想我的感受，
你就會知道，我為甚麼會生氣，我為甚麼會難過，
我為甚麼會流淚⋯⋯

這樣，大家的關係，才不會越走越差；
大家的關係，才不會漸行漸遠……

你知道嗎？在生命中，能夠遇上一個對的人，是何其困難；
你知道嗎？在生命中，人不去珍惜一個願意愛你，
也是你所愛的人，是何其愚蠢；
你知道嗎？在生命裡，只要你讓愛去溜走，
或許人生往後，再也不能遇上這種深愛……

或許，我已經，無力再愛

你對我究竟有多好？又或是，
我們只是一種擦身而過的關係？

為甚麼傍晚的時候，我都會特別想你？
是傍晚的景色特別美麗嗎？
是夕陽的光照，讓我想起你嗎？
是將快黑暗的氛圍，讓我不能冷靜嗎？
都不是⋯⋯
而是因為，曾經，我們總相約在傍晚見面⋯⋯

曾經，每星期的一天傍晚，
我都看著窗外的日影餘暉，默默地等待著你⋯⋯
或者，連我自己也不知道，
原來，我的心，一直都在等著你⋯⋯

或者，改變的不是你，而是我；
真的，我似乎已不再想你了⋯⋯
不是我不再愛你，而是因為太愛，以至換來太多的失望，
太多的心累⋯⋯
我不是不愛你，而是我已經，無力再愛⋯⋯

然而我知道，縱使我心中忐忑，
縱使我們不能相見，但只要心中有著對方，
心靈總能相通⋯⋯

我總會明白你的溫柔，你的愛；
你的笑臉、你沉鬱的眼神，永遠留在我心間……

皆因一切情感的觸動，都因為你；
愛在生命中，一點也不容易；
我願，我不是孤單的一人走著……

但是不要告訴我，人可以擺脫世間的現實；
不要告訴我，柴米油鹽並不重要……

或者每個人，都需要面對生活，
或者每個人，都需要面對生活中種種的壓迫……

有時候，生活都不是一件容易面對的事，
浪漫缺少了金錢，說真的，可以有幾浪漫？

或者浪漫缺少了金錢，只是一份幻想，
只是一種一剎那的激情；
在往後真實的日子裡，
可能要還原基本的生活步伐，才最重要……

或者就是因為如此，人可能忘卻了心中的最愛，
因而選擇了，世間的錢財；選擇了，世俗的生活；
選擇了，用物質與金錢，取代心中所渴求的所愛……

人與人之間，在沒有遇上任何問題時，關係總是完美圓滿的，
在遇到挫折、難關、低潮時，人的真善美，才能被體現出來；
你對我究竟有多好？又或是，我們只是一種擦身而過的關係？
這時候，我就可以看清楚一個人了⋯⋯

或者，我應該看重你的愛，而不應只看著你的缺點，
讓你的缺點，像果皮一般，一點點的，被慢慢削掉吧！

我會給你時間，我還是會在等著你，
因為，我真的深愛著你⋯⋯

Part 4

要相信
自己的 感覺

迪士尼的愛情故事，也見進步了……
《冰雪奇緣》中，窮王子追逐有錢的公主；
窮王子表面風光，但不能繼承王位，因此他看中有錢的公主……
這些橋段，更貼近我們的現實。

香港女生，常被視為港女，愛追求金錢和利益，
但或許沒有人注意，我們背後，曾經也付出許多的努力，
才可維持一定的社經水平，不依賴男人過活……

我們今天有車有樓，不也是付出許多的汗水嗎？
不少富有的女生，不也成為男性的獵物嗎？

**但很多時，在忙碌的生活中，壓迫的環境下，又有幾多女生，
有空間，夠膽量，去真實地表達和演繹自己？**

曾經在一間中學，教授兩齣舞台劇，
一齣是曹禺的《雷雨》，另一齣是杜國威的《人間有情》。

《雷雨》講述男主角愛上繼母，同時也愛上同父異母的妹妹，
最終在痛苦掙扎中沉淪，悲劇收場……
《人間有情》，卻道出當中對愛的堅持與美麗，
是一個美好的故事……

我問同學，如果有一次免費欣賞的機會，
你會選擇看哪一齣舞台劇？

他們全部，都選擇看《雷雨》，
為甚麼呢？他們說，悲痛的故事，才是真實的人生⋯⋯

或許今天的中學生，比往日看公主王子童話故事長大的我，
更為聰明，
不會再以為，王子親吻公主一下， 一見鍾情，
跟著就可以幸福快樂地過日子⋯⋯
其實這些愚昧的故事，這些所謂的童話愛情，
才是導致今天，人與人之間關係破裂的根源⋯⋯

為何不能道出人心中的感受呢？
為何不能說出人自己心中的軟弱呢？

如果是你，你想看哪齣舞台劇？

感情中的淡入與淡出，我，可以掌握嗎？

或者生命中最難打破的，是人心裡面的牆⋯⋯

很少晚上，會獨自駕車到機場⋯⋯
今天，經過青馬大橋，橋身的燈影，一直向後退，總覺一種深深的淒迷；
進入大嶼山，現在多了駛往珠海、澳門的標誌，
感覺，可以出走更多不同的地方⋯⋯

機場，總是一處離別之地，但又可以說，是一處重逢之地。
或者，沒有離別，又怎會有重逢？
駕駛長途，我從來最害怕，
就是在公路上，如果默默的流淚，會模糊了我的視線⋯⋯

生命中的夢想，從來不應停止；
心中深藏的思念，也不是可以輕言解釋，
我只可以說，我還是會在等著你⋯⋯

每個人，或者都只會從自己的角度出發，
從來沒有站在對方的立場上去想想⋯⋯
人總愛指責別人，很少檢視自己；
其實，當人去檢視自己的時候，
就會發現，其實彼此，都在深深地，傷害著對方⋯⋯

敘述事件，從來是容易的；要去分享感受，實在困難，

因為，感受是屬於個人的，從來就是難以清楚表達，
或者，感受，只願意與所愛的人分享吧……

我想問，為何從來，只有我一個人的努力？
或者生命中最難打破的，是人心裡面的牆……

一個人願意去明白對方的感受，是因為在乎，你，有在乎我嗎？

人與人之間的隔閡，從來不是突然地發生，而是一天一天，漸
漸的遞進；
我和你，還可以繼續走下去嗎？

或者只有真正在乎我的人，才可以發現，才可以見到，我心靈
中的傷痛……

終究，我可以選擇嗎？
還是在心底中，我仍然是在乎你，所以，我更加難過……

或者每人心底裡，總存在一些感覺，
或許這些感覺告訴我，關係，應該繼續，還是停止；
我和你的關係，已變得可有可無，
從來，相愛容易，相處難……

你有顧及我的感受嗎？
我越是努力，一切，越是徒然……

貪新忘舊，是否從來，都是人之常情？

人生許多時候，不是不能相愛，而是因無法相處，以致錯過許多的相愛……

生命中感情的淡入與淡出，我，可以掌握嗎？

從來，我都是站在你的好處上著想；
從來，我都將你放在首位；
從來，我總是惦掛著你……
但一切，又如何呢？

世上，沒有解決不了的情感溝通問題，只有不願溝通的心……

身旁下著細雨，我體味著生命中，人的渺小；
日光之下，從來沒有新事，只有令人垂淚的徒然……
誰認真，誰就輸了；是的，我輸了……
然後，你就留下我一個，是這樣嗎？

在愛中要走的路，從來都不容易，
我不知道，忍耐的心，可以去到幾時？
但每天，你的影子，總在我夢中出現……

或者人世間的情感，從來就是如此讓人失望，難道不是嗎？
當愛有著瑕疵的時候，還是愛嗎？

有時候，愛的最傷痛處，就是你以為，你還在愛我……

或者忙碌，從來都只是一個藉口吧！
如果真的看重一個人，真的有愛，忙碌，總不會成為不相見的
理由吧……

為何你要這樣默然無聲地離去呢？為何你總要我難過？
我覺得我已經很盡力了……
有時我想，是我自己內心真的傷感，還是我沒有好好去學習快
樂？

許多時，我竭力維持彼此的關係，
但人與人之間，總有許多不同的期待，
以至最終，都是失落一場……

一年、兩年的光景流逝，真的是物在人非嗎？
我真的很想念你……

地球是圓的，縱在世界兩旁，只要心中有愛，
我信，總會走在一起，我們總會再遇吧……

世上運轉不息，百味紛陳，
有你就好

當我一無所有的時候，你還愛我嗎？

口中說愛，何其容易……
真正的愛，是在平淡的日子中，在生活的張力下，
你依然愛我……
其實，我很害怕再在一些難受的關係中，重複和糾纏，
心累了……

現代人總愛收藏，將自己好好包裝；
外表和內在，基本上不會完全一致……
或許人與人之間最美麗的一刻，就是彼此不能相見；
近距離的接觸，生活中的磨蝕，在紛亂的世代，
我也覺得累了……

又或是世上最溫暖、最窩心的，就是你能永遠的，
待在我身旁……
當我需要時，你能聆聽；
當我落淚時，你能給我抹淚；
在冰冷的一刻，你給我一個擁抱……

世上運轉不息，眾多煩擾，生活從來都累人；
但儘管世事百味紛陳，有你，就好……

我想，原來世上最大的愛，是一份願意一同受苦的甘心；
當我一無所有的時候，你還愛我……

但是，如要在人世間尋找真愛，真是何其艱難……
今天愛我的，明天就讓我流淚；
今天一起的，明天就離我而去；
今天的承諾，原來只是明天的幻影……

或者人生中最遺憾的事，就是因著心底裡的懼怕，
我們彼此，不敢再走前一步……

今天是復活節，我抬頭望天，
或者我相信，只有神的愛，對我不離不棄……

主耶穌在十字架最痛苦的分離中，在血漬斑斑時，
喊道：父啊！赦免他們，因為他們所作的，他們並不曉得……

我想，世人所做的，他們真的不曉得嗎？
他們不知道，自己親手將人子，釘在十字架上嗎？

或者人世間最偉大的愛，就是對方有甚麼錯處，你都當作不知道，
你明明知道他在傷害你，但你卻用最大的愛去包容他，
仍然每天去愛著他……

或者，人與人能夠一起走著每一天，能夠一同開闊路徑，
就是大家彼此，都願意多走一步，
縱然見到對方的不是，仍然說著愛和原諒……

不過，這不是人人都能做到，
我檢視自己，我卻是如此的無能為力……

陌生的感覺

我真的很痛，很痛……

為甚麼？

因為曾經，我們是最親密的，是最無所不談的，是最彼此
信任的，

我們的關係是最安全的；

我與你在一起，我差不多視你為我的親人了……

可是今天，我們不能再談上一句，不可以再見一面，連普
通朋友也不如；

從親密到陌生，實在不可以用言語去形容那份哀痛……

如果我已不再想你，這種陌生的感覺，沒有問題；

可是，我就是在深深地記掛著你……

香港曾發生一宗殺妻事件，

一名醫生，利用車上的毒氣，毒殺了他的妻子和女兒，

警方的破案線索，就是知道他們夫婦擁有許多金錢，

而這位丈夫，的確有第三者；

最終醫生罪成，被判終生監禁。

我想這種殘酷的案件，的而且確在世上發生了；
我不知道一對夫婦，就算沒有感情，但組織了一個家，還有三個孩子，
為何可以發生這種惡毒的事？

究竟他殺妻是為了感情？還是為了金錢？
人性的罪惡，究竟可以去到哪個極點？

我不是說這世界上沒有美好的情感，而是人性，的確有醜惡的一面；
又或是，我們需要戰勝心魔，才能戰勝生命中，許多的黑暗面⋯⋯

我檢視自己，究竟我在想著甚麼？我有認真愛你嗎？
我愛著的你，今天，究竟又有多愛我？明天呢？又如何⋯⋯

留戀你，又有甚麼意義呢？

我可以做的，或許就是繼續，去假裝堅強……

其實發生了的事，可以當作沒有發生嗎？
心裡曾經有的傷痛，真的可視作不見嗎？
從來，我們只是習慣將心事埋藏了，
不再提起了，不讓自己去認知吧了……

傷口，是不會消失的，
也不是過了特定時間，就可以被治好……
當相同事情再發生的一天，你會發現，
曾經有的傷痕，又會再次浮現出來……

或許曾經你給我的傷害，今天我可能不太察覺，
但在往後的日子，再被暴露出來以後，
可能傷口，會傷得更大更痛……
創傷後遺症，從來都不是假的……

可能今天，我還是執著地，愛著一個不值得愛的你，
你曾給我深深的傷害，我仍是忘不了……
每當我想起，你曾傷害我的說話，我仍會深深的落淚……

不是我不想去忘記，而是，傷口應是被醫治，
不是單靠忘記……
今天，無人替我治理傷口，我可以做的，或許就是繼續，
去假裝堅強……

如果一切都是單方面的建立，單方面的等待，
其實，又有甚麼意義呢？
一切都是如此的沉靜，如此的無聲無息，
似乎都在告訴我，不要再繼續等下去……

所有，是否都是沒有結果的，是否都是傷透了心的，
是否都是一廂情願的，是否都是浪費情感和時間的……

其實我在做甚麼呢？我還可以再做甚麼呢？
一場無言的流逝，對大家，是否才是最好，及最後的結局？

我這份愛，這份付出，這份著緊，是否可以選擇，給予另一人？
原來一直埋藏在心中的恐懼，被離棄的一刻，
真的是那麼難受……

我心裡早已有了打算，是的，最終，你真的離開我了，
最終，你開口了……

我聽到了，知道了，明白了……
是你親口說的……

我想回應你，但我的聲線，實在帶著太多的顫抖；
我紅著了的眼睛，就是要忍著淚水，不讓它流下來，
因為，我不要讓你看見，我的難過……

我希望，我仍是裝得若無其事……
是的，就此完結吧了！

留戀你，又有甚麼意義呢？
既然你已放棄我，覺得我再沒有被利用的價值，
我相信，還有其他人，願意融入我生命當中……

生命是不斷的流轉，許多時，時間是追不回來的，
我何必為一個不愛我的人，
繼續耿耿於懷，繼續淚流串串……

或許有一天，你會後悔；
你會後悔，你離棄了一個，這麼愛你的人……

遊走

某年秋天，我們遇上了，彷彿相戀了，你還好嗎？
其實，我連愛你的資格，也沒有吧……
唯願有一天，我能夠聽到你說：「我知道你愛我……」

今天，我乘坐火車遊走台灣，讓人感覺很舒服，很寧靜；
在香港，沒有火車，全是鐵路，很急速，很繁忙；
很難得在台灣，可以在沒甚麼人的空間，安坐車廂，
人，亦可沒甚麼特別規定的方向……

台灣人很有禮貌，都願意幫我拍照，還拍的很好。
其實一下機，已感受到海關人員親切的笑容；
坐上計程車，司機知道我是香港人，又很關心香港的情況；
台灣真是滿有人情味的地方。

我沒有擔心財物，走在大街小路上，很是安心。
這種遊走，讓人舒服，讓人快樂，
讓人滿有一種與別不同的心靈休息，
台灣真是一處讓人幸福的地方……

我想，人生的追求，從來不用太多，
能夠有心靈的空間，有盼望，有包容，有忍耐，有愛，
人，就可以活的很好，是嗎？

曾經，我和你有過承諾，就是大家一起離開香港，
遊走其他地方……
今天，你在哪裡呢？
承諾，你還記著嗎？

惟願有一天，可以和你一起遊走……
縱是天涯海角，縱是簡單行裝，
只要能與你一起，我就能快樂了……

其實，我很害怕失去你

是失去？還是沒有失去？一切都是幻象吧！
其實沒有失去，因為從來，都未曾獲得過……

這只是一份偶然……
偶然地喜歡上你，偶然地遇上了你，再偶然地，失去你……

在愛中，從來都不止渴求一種安撫，一份安慰，
而是想擁有一份安全感，擁有一份明白，
擁有一份彼此對等的理解，
最重要的，是得到一份穩妥的承諾……

或許，你永遠也不會明白……
記得在狄更斯的《雙城記》中，男主角最後走上斷頭台，
而他深深愛著的她，還一切都不知道，還一切都不明白；
當他用生命去換取另一人的生命時，他無悔無怨，
因為他就是如此的深愛著她；
而她，永遠也無法知道，無法理解，這份愛……

一份情感的表達，到最後，其實可以不讓你明瞭，
因為深深的愛，在心裡流動的時候，
沒有人可以懂得，更沒有人可以刻劃到位……

在我心裡，其實很害怕失去你；
在我心裡，對你總存著一份深深的激動，
一份永久的依戀，和一場最深的思念……

但今天，當我幻想見到你的時候，
我是否應該去學習，徹底地忘記了你？

我和你，總欠這一步

香港最近，發生一宗鋪天蓋地報道的明星出軌新聞，
大家不約而同地指摘不忠者……

不過我想，情感的對錯，真是絕對的嗎？
有時候，只有犯錯的人是錯的嗎？
情感的關係，從來是一場很大很難的博弈，
今天明天所發生的事，從來都無人知道……

在人與人之間的關係裡面，沒有人是永遠的贏家，
只有透過彼此不停的交流，不停的改進，不停的付出，
與努力維繫，才能收穫成功。
經營人與人之間的關係，容易嗎？
我覺得，一點都不容易，只是大家，都不說出來吧了……

人從來可以如此不明所以，今天切切的愛慕，
明天就憎惡，甚至去拋棄；
人從來就是如此欠缺理智和冷靜，愛追求新鮮感，
然後將曾經所愛，拋諸腦後……

我是否活得太愚昧了？
還是在心底中，想擁有一份執著的愛，才確信是一份恆久的美麗？

有時一個人在途上，實在難受；
日影漸重，我的視線也開始模糊；
你在哪裡？我真的很想念你……

原來這一步，是多麼的困難；原來我和你，總欠這一步。

如果讓我選擇，或者，我希望能留在你身邊，永遠地愛著你；
因為，我很害怕失去；我很害怕有一種表達，會讓我永遠失去你……

無論你知道或不知道，無論你愛我或是不愛我，
每當我望向遠處，每當我視野穿越雲霧中，
我總希望，能再次，見到你……

你再也尋索不了我

可以選擇的話，我也不想對你認真，
因為對情感認真，實在是一份莫大的痛苦⋯⋯

面對一份不明確的愛，
我心中，實在有一份很大的痛苦，和很深的困擾⋯⋯
請告訴我，當我還是愛著你的時候，今天，
我還可以有甚麼選擇⋯⋯

我知道，在可以選擇下，你也不會選擇我，
因為，我給不了你所需要的⋯⋯

在生命中，每人都有所限制，都有自己所追求的吧！
或者，我沒有條件去愛你，
我只能遠遠地，默默地，偷偷地，去看著你，去愛著你⋯⋯

或許這種卑微，成為了我今生的喜樂，
因為我盼望有一天，你也會在愛著我⋯⋯

想著想著，我不禁流下眼淚，
為何，大家要見一面，都這麼的困難？

如果能再見到你，或許，我只會哭著，甚麼都說不上了⋯⋯

或許有一天，我突然離世，
然後，在再沒有生命氣息下，你再也尋索不了我⋯⋯
我也再無法告知，我曾經對你的愛⋯⋯

生命的無常，或許，我們再也不能相見⋯⋯

因為愛你，我總有非分之想

我知道，我平凡，但我卻是真心的愛著你……

我對你很有好感，很有感覺，但同時，我也很害怕……

我知道，你很欣賞我，很接納我，我更想知道，自己是否能夠被愛……
在面對你的時候，我心中，總是很激動……

我一直不知道，自己能否被你接納，我心裡，就是不安……
你總沒有告訴我，你愛我，這讓我，總有一種忐忑，一種迷思，你知道嗎？
能被你深深寵愛，對我，總是一種幻象……

我對你，就是一份依戀；
其實你一直對我很好，很痛愛我，很憐愛我，一直對我，
就是不離不棄，
其實這樣，有時我想，已經很足夠了……

不過我們彼此，也實在太忙，縱使我們只是近在咫尺，
在同一時空中生活，
但我們許多時，也不能相見……

今年，我們聯繫斷了……
但這樣，也不能，讓我停止對你的思念……

或許當我靜下來的一刻，我就想起了你，
然後，我再細看你寫給我的文字，你親手寫給我的書信，
我知道，我心中，真的很需要你……

就算時光流　逝　　我還是會在
　　　　　　　　　　等　著你

我真的很愛你，但我知道，大家沒有走下去的可能⋯⋯

其實那天，我很震驚，我心裡的激動與淚水，
總是不能控制⋯⋯
當我知道，原來你也愛我時，
我真的不能自控，我真的激動不已，我幾天，也睡不了⋯⋯

我知道，我們這份愛，從來也只有我單方面的承認，
以你的身份，你的地位，你總不會願意承認去愛我，
你只會選擇，偷偷地愛⋯⋯

我總希望，你能將我放在首位，
我每逢見到你有新的異性朋友，我就很緊張，很嫉妒⋯⋯

我不能沒有你的愛，我最懼怕的，就是失去你⋯⋯
我不知道你會否放棄我，但我，一直還在等著你⋯⋯

有時，我連自己也搞不清楚，
我一有時間，我就禁不住去想你，我很想知道，
你對我的感受；
可惜，我就是無從知道⋯⋯

我知道，我平凡，但我卻是真心的愛著你……

戀愛，我經歷很多，但能夠讓我動心的人，卻沒有多少個……

我知道，大家就是沒有可能，
你也知道，我的愛，從一開始，就沒有出路……

但我沒有後悔，愛從來就是貪婪的，
因為我愛你，我總有非分之想，總有非分的要求……

究竟我深深愛著你，你是知道的嗎？
或許，你還沒有知道……

我很害怕有一天，你會不再愛我……

我害怕你會喜歡上別人，不再愛我；
我害怕你在想清楚以後，不再愛我；
我害怕你會因著時間的流逝，不再愛我；
我害怕你會嫌棄我……

我其實很害怕，失去你對我的愛，縱使，你一直也沒有將愛，
說出來……

可否讓我有點迷失的空間？

當遊走在會展中心的一角，我最希望見到的人，就是你……
一直走到盡頭，我總在四處張望，會不會有機會，能見到你……

原來一個最簡單的期望，最終，會變成無盡和最徹底的失望……

我回想，再回望，一個接一個的分享會，一次又一次的簽名會
我想著，我所追尋的，究竟是甚麼？

沒有人會明白，一張笑面背後的傷口，會有多深，
因為埋藏於深心處的，當不被攪動時，你從來就不會察覺，
原來，傷口會在淌血……

只有我自己知道，只有我自己明白……

人生，總有錯愛的時候，讓我有點點空間迷失自己，
請問可以嗎？
這是一份憧憬，是未來故事的延續？
還是，只是屬於我自己的一份幻象？
誰教我要愛上你……

從來不能相見，是一個定局嗎？為何想見一面，都這麼困難？
是天意？還是人心的變化，我自己都不能掌握了吧……

在太多痛楚下，一切，已經不再有感覺了，
人會知道，自己愛甚麼，痛甚麼，
為甚麼要放棄，誰才是最愛……

人生，活著不長，要相信感覺，要相信自己……

從來應該找一位，外在條件一般，但卻愛我的戀人吧……

你愛我，就願意與我溝通，
你愛我，自然在溝通中，愛就能有更多的滋長……
從來，時間會令一切變質，但愛卻不會改變……

站在舞臺上，叱吒風雲，吸引萬千眼光的藝人，特別迷人吧？
但下台後，他還有多特別？還不是普通人一位……

為何要尋找條件特別好的人呢？
為何要尋找外形特別優秀的人呢？

其實最重要的，就是他有一顆愛我的心，
平淡的愛，就是幸福；平凡的愛，就是快樂……

有著愛，他就願意協調一切，
他就願意為我付出，
願意抹掉我的眼淚，
願意體恤我的難處，
願意協助我去成長，
願意幫助我去成熟……

愛我的人，條件不需要好，從來關係是需要時間去建立，
今天吸引我的迷人條件，難道明天不會改變嗎？
但是一個愛我的人，每天都珍惜著我，愛著我……

或許我受傷夠了，傷心夠了，
特別明白，一切外在的條件和事物，總會不停地改變……

生命中一切的流轉，就是不眠不休的改變，
無人能夠掌握，無人能夠抗拒……

是的，人的心也會在變，他愛我的心，也許會在變，
但是起碼，他曾的確，有著愛我的心……

我深信，愛能勝過一切的外在條件，
因為，相處久了，平淡久了，一切都不再重要了，
惟有最重要的，就是能夠大家心中有愛，
一起過著平平凡凡的每一天……

你說，是嗎？

有時我連愛自己，也有困難

浪漫的工夫，不用天天去做，
曾經你為我做過的，我都會記掛在心上……

曾經每一個生日，你都預備生日禮物給我；
曾經值得紀念的日子，你都會購買一束花給我。

不知那一年的生日開始，我再沒有收到禮物，
我們簡單的吃上一個晚餐，
然後你說，你最大的禮物，就是你自己，已經送給我了，
不用其他禮物吧……

又不知從哪年開始，有些特定的節日，你說買花很昂貴，也不
再購買了……

就這樣，生命的光彩和裝扮，在慢慢地流出、流逝，
連一點痕跡都再沒有了……

大家在平凡的過日子，我以為，你對我很好，
但是原來，你心中，其實是有著她……

你喜歡她嗎？還是仍然愛我？

或者從來一點一滴的交往，讓喜歡，一點一滴的累積……
同樣，在日與月的交往中，也讓不滿，深深地種在兩人心內……

我喜歡的是你的眼神，但有時，卻不喜歡你的態度……
或者你喜歡我的認真，但有時，卻不喜歡我的執著……

每個人都總有弱點，很多時，我們總愛將弱點放大……

愛一個人是很困難的，因為有時，我連愛自己，也有點困難……

請你告訴我，你是愛我，還是愛她？
如果你還是愛我的話，可否讓我們一起努力？

我撫心自問，我還是愛你的……

要相信感覺

有一種寂寞，叫無止境的等待；
又有一種寂寞，叫作忐忑不安；
更有一種寂寞，是在患得患失中，
心中湧著，一種莫名的哀傷……

有時候，沒有甚麼可以相信，就相信自己的感覺吧！

選擇是有盡頭的，選擇是一種權利，
從來選擇，就已經決定了，一種愛的深度……

我不想選擇，因為我已經選定了，這是傻嗎？這是任性嗎？
或者，當我回望時，我會是失望的……

但在此刻，我還是相信自己的感覺，
縱使看似不值，看似瘋狂，但我還是覺得，值得……

是時候夢醒吧？還是讓自我的感覺，繼續流過全身，
讓眼淚，不息的在心裡流？

需要的，是心靈的靜止；
需要的，是生命的重整；
需要的，是舊我的死去……

或者，只著重感覺，只醒著做夢，是可怕的，
但我還是希望，相信自己的感覺……

就算時光流　逝　　我還是會在
　　　　　　　　　　等　著你

對一個在愛與不被愛之間的女人來說，

—— 金錢或許是最重要

生命中，需要用很多時間去建立彼此，
以換取今天生活的成熟和穩固……

或者人與人之間的基礎，應該是建立在磐石上，
可惜，我們從來都只是停留在沙土上，
有一點點風雨，
彼此都會被沖去……

現在很多人，都以為愛情是容易獲得，
以為激情就是愛，以為迷戀就是愛，
很多漂亮的文字包裝，很多衣香鬢影式的舞台，
但是對方，從來就沒有真心……

網上有真愛嗎？還是只有迷戀？
人性，就是對情慾和錢財的追求……
許多時，人的情感，不是建基於真心，
只因著美貌、外表和其他……

我很後悔，我為何會這麼愚昧，選擇了你……

我真是太衝動了，當年，我也實在太幼稚了……
現在，我還有轉彎的餘地嗎？

其實，我現在天天，都只在為別人生活，
我只活在你的要求下，只活在你的壓力底下，

其實，我的日子過得很苦……

大家從來沒有很大的協調，你說我愛上你，是因為你的家境和財富，
是嗎？我真是一個貪錢的女人嗎？

**是的，金錢對於我來說，有點重要，但我可從來也不只是拜金；
其實是你想飛黃騰達，是你不願意平凡，以致，你只將時間，
花在工作上面……**

其實，我願意平淡一點的生活，
我心靈中，其實渴望簡單的生活，一起平凡的吃吃看看……

我不覺得生活中，我有甚麼缺點，
但是我和你過的每天，我真的覺得心累了……
每天，我也為著適應你的要求，
我總要煩憂地去過日子，我真的受不了……

我貪錢嗎？我買賣股票，買賣物業，研究如何將金錢滾大，有問題嗎？

我不是貪戀金錢，但我真覺得，金錢是重要的，
當有一定的經濟條件，大家生活，總不會太辛苦吧？
但到某個位置，就可以停下來嗎？
不用再這麼認真地追趕金錢了吧！

但你總是在追求再追求，也常說我，也同樣拜金……

其實，我願意放低我的一些執著，
但我卻無法放下安全感的根源，就是金錢……
我想，我不是熱愛金錢，但我確實覺得，
金錢給我帶來安全感……

**或者人性就是無從掌握，當我對你沒有甚麼把握時，
我發覺金錢對我來說，更為重要……**

**請不要說我拜金，因為金錢，
對一個在愛與不被愛之間的女人來說，
或許，才是最重要……**

如果你是愛我，請你說出來吧

你很想知道，為何我送給你的禮物，總是比較特別？
你很想知道，其實我愛不愛你，是嗎？

時間就是證明，證明我有多麼的愛你……

或者，愛要及時，愛要及時表達，愛要及時付出，
愛要及時去作出關愛……
因為我知道過後，還會不會，再有如此的機會……

或者最難忘的，是一份激烈的愛，
你心裡真的有我，你願意為我犧牲，做上許多的事……

有時，或許，這就是愛情中，最迷人的地方……

你為何總是要偷偷地愛著我？
你為何總要在夜深無人的時候，才去想念我？
你為何總不讓我知道，你其實也深愛著我？

勇敢一點吧！如果你是愛我的話，請你說出來！
請你告訴我，你愛我，否則過了時機，愛得不及時，
最後，可以是甚麼，都再沒有了……

其實你不是我，你又怎麼知道我難過？
其實你不是我，你又怎麼知道我不難過？

生命中的偶遇，從來只在於一瞬間的感動，
而這份感動，只有你和我，才能掌握，才能知道⋯⋯

批評及奇異的眼光，對我，又有甚麼關係呢？
這是屬於我和你的一份情，你是我心中的一切，
就已經足夠了⋯⋯

我不是不愛你，我只是真的更愛他，對不起……
我希望有一份選擇，因為，好像他，更能夠明白我……

一個人無論外表、家境、學歷、經歷如何匹配，
但是沒有了愛情，沒有了感覺，還可以如何走下去？
是我的錯嗎？
究竟愛情是甚麼呢？究竟感覺又是甚麼呢？

有時候，幸福快樂，可能只是一份淡然，
淡然至兩人，都未必有很多話要說，
這不是一種無奈，卻是一份甘醇，一份歷久常新……

為何你的說話，總是不著邊際？
為何你總不能夠，去明白我心裡的想法？

或許愛的感覺就是，當我還未明白自己的時候，
你已經明白了我……

或者男生，從來就是一位長不大的孩子，
我以為你能夠明白我的時候，其實，你連自己也不能夠明
白……

我對你，從來有三分欣賞，卻有七分的憐愛……

女生對男生的憐愛，可以是一生之久，可以是永不磨滅……

其實，為何我還要四處尋覓呢？
最好的，不是已經在身旁嗎？

或者，人從來就是要去找一位，能夠明白自己的人，
但這世上，又可在那裡，找到這人呢？

今天你能夠明白我，明天，可能大家已經變更改易了⋯⋯

明白，可以維持多久？
或者，能夠真正明白我的人，只有我自己⋯⋯

有時候，當我自己也不能掌握自己的時候，
我又怎能寄望，有一個，能夠真正明白我的人⋯⋯

最愛的你，一直就在這裡

思念你，是我一個人的事，
思念你，也是我一個人寂寞時候的事，
為何我要向其他人交代呢？

沒有一場戀愛，可以單獨經歷；也沒有一場戀愛，
中間沒有難過……

人與人之間的關係，總是錯綜複雜，
有時候，有一點難關與眼淚，都是正常的吧……

如果我得到萬人的讚賞，卻失去了你，
我寧願一切都沒有開始過……

一個人唱的戲，只會是一份更深的落寞，
只有一種更不明的悲傷，以及經歷一種，
斷臂般的遺憾與難過……

你在哪裡呢？從此忘了你，可以嗎？
一切都不是銘刻在心上，記錄在書冊上嗎？
除非，有這獨特的時空中，我也把自己忘記……

或者許多時候傷心，就是因為，
我只是你的其一，但你，卻是我的全部……

有時候我想，或者在不對等的關係中，人心真的會難過，
又或是，我卻享受著這種難過，
因為，當你是我的全部時，我就不會再想其他人了……

每當我不斷向前望的時候，我總見迷惘一片，心靈中，總沒有
安舒……

今天我回頭，突然，見到了你……
原來，你一直都在，
原來，你一直都在我背後，
原來，你一直都在我背後，溫柔的望著我，
原來，你一直都在我背後，總為我祝福，總為我禱告……

原來，曾經擁有的，一直都在，
原來我一直尋索的，其實一直都擁有，
只是，我一直在往前衝，卻從來沒有停下來，往後望一望……

原來，愛，一直都存在……

或許今天，我要忘記只向前，要停下來，轉過身，往後望……
原來，我望見最愛的你，一直就在這裡……

———————— 就算時光流　逝　　我還是會在　　　　　　237
等　　著你

後記

————

不經不覺，第三部書，完稿了……

我的寫作，究竟是甚麼時候開始？
又會在甚麼時候結束……

沒有寫下的，難道就沒有發生？
已寫下的，又是全然真實……

走到今天，沒有你，總走的有點缺失，
也總感到特別落寞和虛幻……

在我心中，你的影子還在，你的身影仍留，
只是，一切，都困在一處遙遠的國度中，
一切，都鎖於一處不能被觸摸的空間吧了……

就算時光流　逝　　我還是會在
　　　　　　　　　等　　　著你

我這三本書，你有看過嗎？你知道嗎？

你安好嗎？
願你平安，願你快樂……

沒什麼話要說，
我還是會在等著你……

Adelaide
2019 秋 於香港

書　　　名：就算時光流逝　我還是會在等著你

作　　　者：Adelaide

出 版 社：亮光文化有限公司
　　　　　　Enlighten & Fish Ltd

社　　　長：林慶儀

編　　　輯：亮光文化編輯部

設　　　計：亮光文化設計部

地　　　址：新界火炭坳背灣街61-63號
　　　　　　盈力工業中心5樓10室

電　　　話：(852) 3621 0077

傳　　　真：(852) 3621 0277

電　　　郵：info@enlightenfish.com.hk

網　　　址：www.enlightenfish.com.hk

面　　　書：www.facebook.com/enlightenfish

二零二零年五月初版

I S B N　978-988-8605-85-9

定　　　價：港幣八十八元正

法律顧問：鄭德燕律師

版權所有　翻印必究